JN113001

悪口と幸せ

姫野カオルコ

光文社

悪口と幸せ

CONTENTS

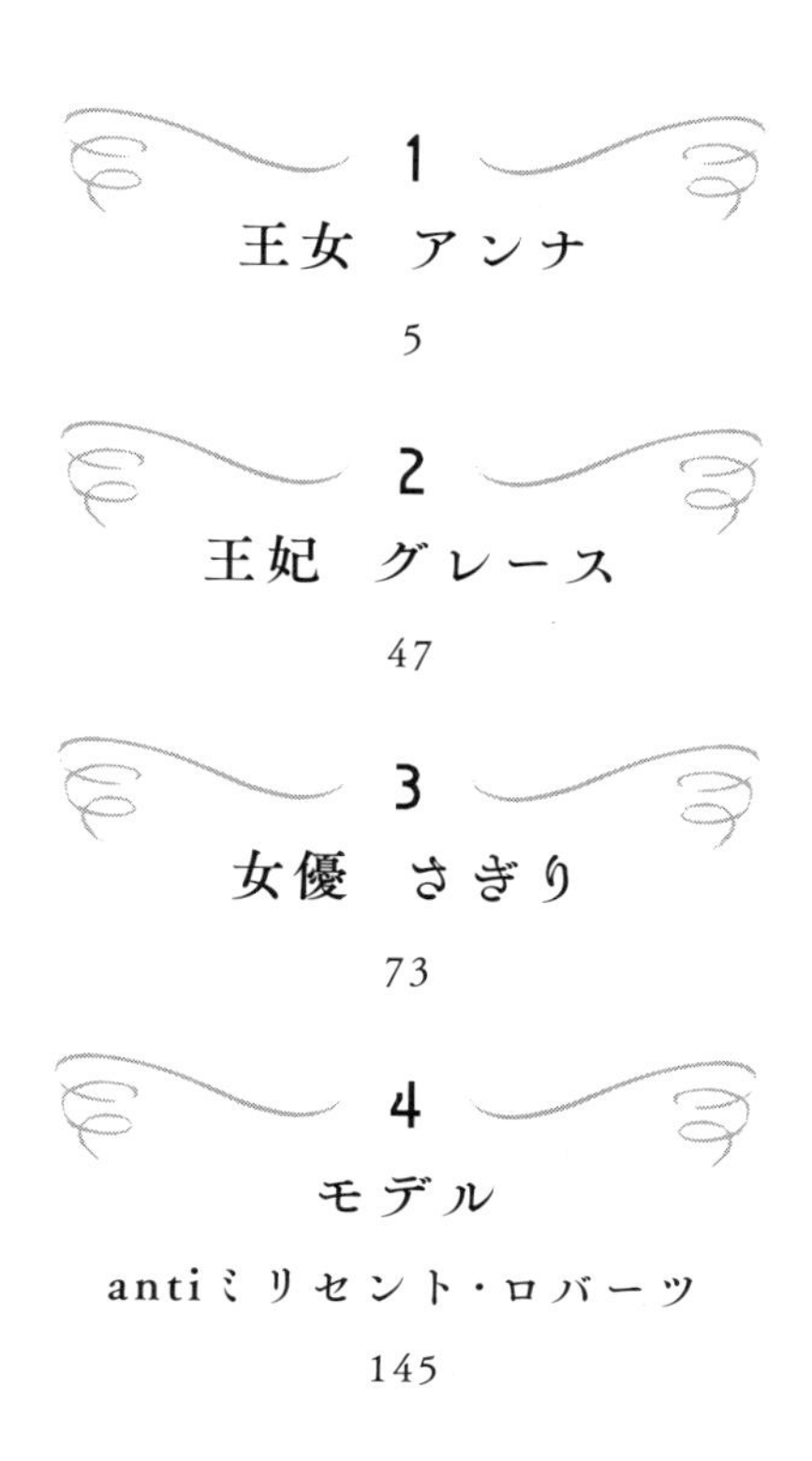

カバーイラスト　倉崎 稜希

装幀　albireo

1 王女　アンナ

岸田文雄が新しく総理大臣になった日に、『別冊ガーネット』を読みふけってしまった。古い号だ。佐藤栄作が総理大臣だったころの号。実家の物置にあった。

実家は中部地方P市にある。実家といっても、よその家族が住んでいる。

私は高校を卒業すると家から離れた都市に進学したまま、そこに住み着いてしまったし、婿をとって家に住んでいた妹も、二親（ふたおや）がほぼ時を同じくして亡くなると、P市よりはにぎやかで交通の便のよいR市に移った。それで家屋に手を入れて改装し、人に貸して二十年ほどになる。

コロナ禍で墓参もしばらく控えていたのが、強風と大雨で屋根が破損したと、店子家族の奥さんから連絡があり、久しぶりに来た。

二階建ての家屋の、一階の端の四畳半だけ、畑から入れるドアをつけてもらって改装し、私と妹の保管用の物置にしている。

店子家の奥さんと挨拶をし、修理にあたってくれる業者さんと工程や費用について話をしたあとはもう帰ろうとしたのに、サルビアを眺めてしまった。

後付けした出入り口のドアは上半分はガラスで、前が畑なのだ。サルビアが、家屋寄りの一角に植えられている。早朝に家を出てきたので、まだ日は充分に高く、みごとな秋晴れだったから、ちょっと休んでいこうと、亡母がミシンをかけるときに使っていた丁寧な作りの木工の丸椅子に腰かけた。

私と妹が通っていた小学校の、下駄箱前の花壇にもサルビアが植えられていたなと、思い出したら、ちょっとのつもりが、えらく長くなったのだった。

＊＊＊

集団下校時に教頭先生が、あの花はサルビアだと教えてくれ、私と妹は、寄って凝視した。「もっちゃん、サルビアだって」「〈サルビア王国〉の、サルビアって花の名前だったんだね」と、二人で感激した。花の名の王国が出てくる話を『別冊ガーネット』で読んだのだ。

もっちゃん。妹は私をそう呼ぶ。りっちゃん。私は妹をそう呼ぶ。

元子。梨紗。姉妹なのに、なぜ私だけ「子」の付く名前なのだろう。牧美也子やわたなべまさこの漫画を読んでいた私はよく思った。りっちゃんの、梨紗という名前は、主人公のようなのにと。

そのころ、同じくらいの年の女の子たちは、たいてい「子」の付く名前で、たまに「子」が付かない子がいても、まゆみ、あけみ、たまに、まり。それくらいだった。

さゆり、さぎり、は目の大きな、長い髪にりぼんをつけた、バレエを習っている主人公の名前。みどりならオープンカーに乗る兄がいる主人公の名前。私のクラスにも学年にも、主人公は一人もいない。梨紗ともなれば、もっと主人公の名前。家に遊びに来た私のクラスの子は、妹だと紹介すると、字ではなく音で名前を聞くから「リサ？　外国に行っても通じるわね」とみな言った。

なのに私は元子。同じ「子」を付けるのなら、「玲子」にしてほしかった。「玲子」なら主人公とセットで登場する、もう一人の重要な登場人物なのに。そんなことを思ううち、おそるおそる母親に訊いたことがあった。

「なぜ、りっちゃんは梨紗という名前なの」。もしかしたら私とりっちゃんは、本当は血がつながっていないのではないかと。

　初産の長子である私の名前は、父方の祖父がつけた。妹は、母と母の妹がつけた。「二人目も女の子だったから、Rの叔母ちゃんと二人で考えたのよ」。亡母はミシンをかけながら、さっさと答え、きっとRの叔母ちゃんの意見が大きかったにちがいないと、私は納得した。五人きょうだいの末の叔母は、R市の母の実家に、そのころはまだ住んでいて、Rの叔母ちゃんと呼ばれていた。

（サルビア王国か……）

　秋晴れのサルビアを見て、私は『別冊ガーネット』をさがした。改装後の大掃除はおもに妹がしてくれ、何をどこにしまったかもだいたい教えてくれていたが、私は墓掃除の後はすぐに帰ってしまっていたから、この物置に長くいたことが、よく考えたらこの二十年間なかった。

　スチール棚の、アルバムやレコードのそばに古い漫画や本はまとまっていた。「王女アンナ前・後」と油性マジックで書かれた袋があった。名鉄百貨店の、大きくマチをとった紙袋。

＊＊

　あのころの、たいていの家の親は、『小学×年生』は別として、子供が漫画を読むことにいい顔をせず、私たち姉妹も、漫画は月に一冊だけと決められた。各々に一冊と主張したけれど、『小学×年生』を各自に買ってやっているのだからと母親からまず言われ、父親からもさらにきつく言われて、あきらめた。

　ほかの家の子も、たいてい、こんなような状況だったから、同じとしごろの者たちで、だれかの家に集まっては、それぞれが獲得している漫画誌を、みなで回し読みしたものだ。

私たちは、はじめは『りぼん』を買ってもらっていた。りっちゃんが『りぼん』にしたい、と言ったからだ。

「お姉さんだから、そうしてあげて」と言われて「はい」と肯(うなず)いた。が、自分の望みを堪(こら)えたわけではない。

3歳ちがいのりっちゃんは、漫画にあまり興味がなかった。絵本にもそんなには。「お外で遊ぶ」ほうがずっと好きだった。りっちゃんと反対に私は、「お外で遊ぶ」より「お部屋遊び」のほうが好きだった。

姉だから「妹のこと、見てあげててね」「妹を見てないといけないぞ」と、母や父から言われているわけで、「お外で遊ぶ」のは「お部屋遊び」より見ていないとならないことが増えるのでやっかいだった。妹が自ら選んだ漫画誌にすれば、「お部屋遊び」の時間が長くなると思ったのである。

妹が『りぼん』を選んだのは、牧美也子の連載漫画が理由だ。モナと梨紗という姉妹が主人公の。自分たちと同じもっちゃんとりっちゃん。妹主人公なら、名前だけでなく字も同じ。

でもすぐに『別冊ガーネット』のほうに関心を移した。それで変えた。

『別冊ガーネット』のことを、私も妹も、「べっさつがーねっと」とは呼んでいなかった。「別ガ」でもなかった。

「外国の女の子のやつ」

そう呼んでいた。

表紙がいつも、金髪の白人の女の子だったからだ。当時の少女向け雑誌には、日本の女の子をすこし外国人ふうにしたようなハーフモデルが出ており、着ている洋服も靴も手にしたバッグも、日本のお金持ちのお嬢さんが、日本のデパートで買ってもらったようなものだったのに、対して『別冊ガーネット』は、ずばり金髪で青い目の……青い目の子だけではなかっただろうが、みんな青かったと記憶されている……、ほかの雑誌より年齢の幼い女の子だった。着ている服やそばに置かれたバスケットも、生地や色調が、日本ではデパートでも見かけないようなものだった。

表紙モデルが他誌より幼な顔でも、買う側の私たちは「幼稚園に行ってる子向けなのね」とは思わなかった。出版社としては、聖画の天使のイメージにしていたのだろう。

そんな表紙にりっちゃんは惹かれて、こっちのほうがいい、と母親に主張したのだった。

「3歳ちがいなのね」

私たち姉妹が挨拶をすると、大人はたいてい、こう言った。「はい」とりっちゃんは大きな声で答え、そのたび私は、妹の服の袖や裾を背後から軽く引っ張った。あとから（挨拶をした大人がいなくなった所で）、妹の「どうしたの？」「なんなの？」という問いを受けた。そのたび「べつに」と小声で答え、その時々で、自分がやっていることにもどったり、やらなければならないことにとりかかったりするから、妹も問うたことを忘れてしまい、また次に、大人に挨拶をするときには、同じように、私が妹の服のどこかを引っ張り、妹があとから問う。いつも同じ。そのたび。

たぶん私は、「ちがう」と大人たちに言いたかったのだ。妹に「べつに」としか答えなかったのは、意地悪をしていたのではない。わからないから、もう、このことに触れたり、触れられたくなかったからだろう。

私は12月30日生まれ。妹は3月20日生まれ。学年で言えば2学年ちがいなのである。

私にはどうしても、妹は「2つ下」に感じる。今なら、妹の服の袖や裾を引っ張ったのは、違和感からだとわかるが、子供のころは、語彙がなかった。痛いとかおもしろいとかおいしいとか嫌いだとか好きだとかいった感情とはちがう、違和感という感情について未知だった。

とまれ、「外国の女の子のやつ」に変えれば妹はそれでよかった。表紙が自分のものになれば満足して、もともと外遊びが好きなのでページを繰ることはそうなく、「別ガ」は姉のものも同じだった。妹は『王女アンナ』以外は読まなかった。

名鉄百貨店の紙袋にタテに書かれた『王女アンナ』は、大人になってからの妹の筆蹟である。

前・後編で読み切りの『王女アンナ』は、漫画ではなかった。

あのころ、どの漫画誌にも「感動よみもの」などと銘打った児童文学が掲載されていた。漫画ページと同様の、ざらざらした紙だったが、漫画の絵とはまったく違う、具象的で写実的なタッチのモノクロの絵が二点くらい挿(はい)っていた。

『王女アンナ』は、しかし、これでもなかった。前・後とも、別ガのちょうど真ん中。つるつるした紙のページで、カラーの挿絵がたくさん付いていた。「感動よみもの」に付く絵のタッチとは異なる。でも、そのころの少女漫画ふうの絵ともちがう。あえてたとえれば、牧美也子が、後年に描いたような、大人っぽいタッチだった。

「作・絵／おづか・まん」とあるが、『王女アンナ』のタイトルの大きさに比して、前・後編ともに字がうんと小さい。初読時小6の私には、「まん」というのが、それまで聞いたことのなかった名前だったし、性別もわからない。でも担任が、小塚せん、という女の先生だったから、この人も女の人なのだろうと思った。

おづか・まんの絵は、それはきれいな絵で、バルコニーや、シャンデリアや、妃のベール、王女たちのティアラ、白馬、馬の鞍、剣、等々、みな、虫めがねで観察したいほど精緻に描かれていた。

インターネットが世の中に普及してから、「おづか・まん」で検索してみたが、何も出て来ない。「小塚満」や「尾塚万」など、他にもいろんな漢字を当ててみたが。

『王女アンナ』で検索しても、漫画ではなかったためか、これも出て来ない。たぶん、おづか・まんという人は、せいぜい『王女アンナ』だけで、書くのも描くのもやめたか、何かやめるようなことになった（早世とか）のだろう。

名鉄百貨店の紙袋を開けた。ぱしぱしと、乾いた音がした。

**

《サルビア国には透きとおる湖がありました。湖のほとりに、低い塔と中くらいの塔と高い塔のある、白いお城がたっていました。低い塔のあるところは、湖に張り出した離宮となっています。中くらいの塔のあるところには先の王様と妃様がお住みになり――》

冒頭を、私は声を出して読んでみた。初読時に、りっちゃんにしたように。

「わあ、もっちゃん、これ、きれい」と、『王女アンナ』のページを開いて私に示したのは、妹だった。

「ほんとだ」

私も目を奪われ、思わず朗読したのだ。

六年生の秋の連休だったから、そんなにこどもこどもしていなかったはずなのに、サルビア王国が、おはなしの中の国にせよ、だいたい、どのあたりなのか、何も疑問を抱かなかった。佐藤栄作が総理大臣だったころの少女向け漫画に、ローザだとかピアだとかシルビーだとかいったカタカナの名前が出てくれば、それはただ「外国」だった。『別冊ガーネット』の表紙の女の子の国籍なんか気にしなかったのと同じ。ただ「外国の女の子」で、その子が表紙になっているのは「外国の女の子のやつ」だったのと同じ。

外国のきれいな湖やバルコニーや金髪が描かれた絵に見とれつつ、木製の二段ベッドのある子供部屋で、下段を背もたれに、私たちは『王女アンナ』を読んでいった。

父親は休日出勤から帰っておらず、母親も頼まれて仕立て直した服を届けに出た午後だった。漫画を二人で読むのはいつもこんなふうに家に二人きりになったときで、翌月もまた下段にもたれて後編を読んだものだから、『王女アンナ』は、もっとも姉妹らしく過ごした時間のイコンとなって名鉄百貨店の袋に入っていたのだった。

《——このほど新しく王様と妃様になられたお二人は、高い塔のあるところに住んでおられました。お二人には、王子様とお姫様だったころにもうけた女の子がいました。姉王女はアンナ、妹王女はルンナです——》

ここまで読んだだけで、わあ、きゃあ、と妹は歓声をあげた。

牧美也子のモナと梨紗の漫画のときと同様、姉妹が主人公であったことが魅力的だったのだろうけれど、それよりも、私が音読したのがおもしろかったのだと思う。「お部屋遊び」よりがぜん「お外遊び」が好きだったりっちゃんは、私という他者が、自分に音読してくれるのが、いつものお部屋遊びとは、毛色がちがって感じられたのだろう。

おもに私が読み、喉が疲れるとりっちゃんがほんの数行だけ読み、私がだまって読むのに集中すると、妹はよそ見をしたり、トイレに行ってくるだとか、水を飲んでくるだとか言って中座したりして、私たちは『王女アンナ』を読んだのだった。

改装後の掃除をしながら、『王女アンナ』の話が出た。りっちゃんが「タイトルはおぼえてる。どんな話だったかはぜんぜんおぼえてない」と言っていたのは、とばし読みをしていたからだ。「でも、もっちゃんが読んでくれて、秘密の遊びをしてるみたいなのがたのしかったのは、すごくおぼえてて、だから残しておきたくて…」とも言っていた。

音読したくなくなる部分が、『王女アンナ』にはあって、そこはごまかして音読しなかった。そういうことや、音読に疲れた私がひそひそ声のようになっていたのが、秘密の遊びをしたという感覚になったのだろう。

*

《サルビア国では、男が先に王様になれます。王様に男の子がいなかったときだけ、女が女王様になります。昔からの掟なのです――》

再読の私は、あれ、と思った。きれいな景色、仲むつまじい王室一家の描写の次に、王位継承優先順についての掟が書かれている。りっちゃんとはちがってこの物語をしっかりおぼえていたつもりなのに、自分の記憶もけっこういいかげんだったことを知らされる。

《――サルビア国の先の王と妃には、兄弟王子がいらっしゃいまして、兄王子が位を譲ったので、このほど弟王子が新王におなりになられたのです。

兄王子が迎えた姫に子供がご誕生になることを、お城の中でも外でも長く待ち望んでいたのですが、叶(かな)いませんでした。気に病んだ兄姫はメランコリー病になられ、兄王子はいたわって、二人で低い塔のある離宮に移り、姫はご静養、王子は看病されることになったのです。

高い塔のあるところに住む新王と新妃のお子様も、アンナとルンナの二王女でしたから、王は、先王や神父や側近や、主立った貴族たちと相談して、幼い姉妹王女を早くに婚約させ、乙女になるや正式に結婚の儀を挙げ、子の誕生を祈ろうと考えました。

姉のアンナ王女はマリーゴールド国の弟王子と、妹のルンナ王女はクレマチス国の兄王子と婚約させよう。

お城からうんと東へ行ったマリーゴールド国と親戚になれば、二国が挟む国々が横着なことをするのを防げる。

お城からすこし南へ行ったところにあるクレマチス国は、海に臨んでいて塩と魚がとれ、サルビアの麦と蕪とを交換できる。

マリーゴールド国の弟王子はサルビア国に来てもらってアンナは女王に、ルンナはクレマチス国に嫁いでクレマチスの妃に。三国にとって良縁で、みな幸せに暮らせるであろう——》

このように王の周辺が考えたと記したあとに、けっこう長く、藻塩や干物の作り方が書かれている。

そういえば妹から「もっちゃん、塩って栗やシメジみたいに採ってこられるの?」と訊かれたので、この箇所を読んでやると、おづか・まんが書いているのに、まるで私が知っていたみたいに、「すごいすごい、やっぱりお姉ちゃんだねえ」と感心されたのを思い出した。こんな学習読み物みたいな記述が唐突に入る話だっただろうか。繊細な絵の印象で、ここも忘れてしまっていた。

《アンナ王女は妹ルンナ王女より、ずっと厳しく躾けられました——》

そうそう。これで、私はアンナを応援することにしたのだ。自分の両親のみならず、漫画読み合いっこをする子たちの家に行っても、お父さんとお母さんは下の子に甘い、と感じていた。だが高校、大学と進むと、下の子として育った友人もでき、その子たちの中には、「お姉ちゃん（兄貴）は、いろんなことを優遇されていた」と言う子もいた。初めての子だからと親が過保護になり、結果、暴君的な性格に育つ長子もいたようである。小学生当時の私は、ごく狭い視野で『王女アンナ』を読んでいたのだろう。

それに、絵にごまかされていたが、なんとなく文体がおかしい。懐古調の語りに、ときおり妙に現代的な語句が入っている。

《姉妹王女は、式典ではかしこまっていなければなりませんが、王と妃と姉妹だけで過ごされるときには、無邪気にふるまわれます。ときには妖精のダンスだなどとおっしゃって、ルンナ王女は裸足のままお庭の噴水の縁を歩かれます。ですが、同じことをアンナ王女がすると、妃はきつく叱ります。そこまでお叱りにならずともと、傍の女官がとめても。――》

このあと妃の立場が綴（つづ）られている。これも私はすっかり忘れていた。少女の姉妹であるアンナとルンナにばかり目が行っており、妃のことなど眼中になかったようだ。

おづか・まんは綴る。妃には娘の教育について強いプレッシャーがあったと。

――妃は乙女時代に、城外でのオペラ鑑賞会で、青年時代の弟王子と知り合い、兄王子の妃が決まる前に結婚した。兄王子の相手選びについて周囲が慎重だったので時間がかかっていたためであるが、兄より結婚が早いと非難がましい者や、周囲が段取りしたのではなく、弟王子に「見初められ」て結婚したことを、誘惑したかのように見る（見たい）者が、城の内外にいた。

また、彼女は秤類を商う裕福な家の出であったが、貴族ではなかった。古参の高位女官たちから見下げたような視線を浴びせられたり、冷たい仕打ちをされたりした。だが乗り切った。
乗り切れるような気丈な彼女であったからこそ、自分に課した。兄王子たちに子ができないとなれば、アンナが第二王位継承者。女王を育てる教育者としての手腕をふるわねばならないと——このような旨を、もっとソフトな言い回しで綴っている。
《幼いアンナ王女には、お母様のお心はまだ御理解できず、ご自分だけがすべてのことをがまんせねばならぬようにお感じになることもあり——》
そうそう。「自分が上手く言えずにいる気持ちを書いてくれている」と膝を打った。このくだりは音読の声を大きくして、りっちゃんのほうに顔を向けた。
妹の反応は「お母様っていうのは、妃様のこと？」だった。お外遊び派の妹は、長文読解力が同学年の子の中では平均よりちょっと下だった。「うん、そう」。私が言うと、「まま母？」と訊く。どっからまま母などという疑問をわかせたんだろう、りっちゃんバカじゃないの、と私は思い、「なんでよ。ほんとのお母さんだよ」とぞんざいに答えた。ところが、そのあと愕然とした。「なら言えばよかったのに」と妹は言ったのだ。「言いたいことがあるのなら、なんでアンナはお母さんに言わないの？」と。それが言えないという感覚を、りっちゃんは知らないのだ。
《——お感じになることもありましたが、年長けるにつれ、アンナ王女は、責任感の強い、しっかりしたお姉様らしい乙女に育ってゆかれ、ルンナ王女も、やさしく頼りになるお姉様を慕う愛らしい乙女に育ってゆかれました——》
前編のはじめのほうのページでは幼女ふうに描かれていた姉妹の容姿は、このあたりでティーンふうに変わり、しばらく、すてきな日常（小学生の女の子がすてきねと思うような）が描かれる。王室プライベートの森を散歩したり、王室主催の舞踏会で着るドレスを縫ってもらったり、鏡の前で靴を合わせたり、貴族の某邸での午後の茶会に行ったり、領地の中心地の劇場で開かれるオペラ鑑賞会に出かけたり。たまには護衛官が遠巻きに見守る市場の雑踏を歩いてみたり、小高い丘で乗馬をたのしんだり。

姉妹の愛馬はともに白い。アンナ王女の馬は、マリーゴールド国王子からの、ルンナ王女の馬は、クレマチス国王子からの、プレゼントだ。

《三方を高い山が囲むマリーゴールド国の兄弟王子のうち、兄王子は、幼少のみぎりよりおつむりの優れたことで、周囲の大人たちが舌を巻くほどでした。弟王子は幼少のみぎりより背が高く、槍投げや乗馬や泳ぎがお上手でした――》

（あ、ここ……）

私は初読時を思い出す。マリーゴールド国の兄について「短身王子と呼ばれていた」と書かれているのが、初読時には意味がわからなかった。「短身」の読み方もわからず、音読せずにとばした。この人は、後日のサルビア国でのお招き舞踏会も体調不良で欠席し、場面には出て来ない。お招き舞踏会には、アンナの許婚である、背の高いスポーツマンでイケメンの弟王子がやってくる。

《海に臨んだクレマチス国には、大勢の王子と王女がいらっしゃいました。白馬をルンナに贈ってくださったのは一番上の兄王子です。下のきょうだいを思いやる温厚なご性質は、未来の国王に最適と評判でした――》

ルンナの許婚である、やさしくて清潔な佇（たたず）まいのこの王子も、舞踏会にやってくる。――

おづか・まんの描く舞踏会の絵は、上質紙のカラーページなこともあり、頗（すこぶ）る美しい。アンナもルンナも薄い茶色の長い髪だが、アンナは内巻きにカール、ルンナは外巻きにカールしている。

夜のバルコニーに立った内巻きカールのアンナが纏う、ドレスのレースの細かいこと細かいこと。アンナは夜空の月を見ている。

外巻きカールのルンナは、シャンデリアの下で踊っている。踊るドレスの裾からのぞく、甲の部分がVにカットされた赤い靴のかわいいことかわいいこと。

しかし、再読すると、これは奇妙なシーンだ。踊っているのはルンナと招かれた王子たち。マリーゴールド国とクレマチス国からの。

クレマチスの王子がルンナと踊るのは然(しか)りとしても、マリーゴールドの王子までルンナと踊っている。

このあとチャプターが変わる。二王女の、ポピー公園なる国民に人気の行楽地遊山の場面になる。緑の丘と、護衛官（らしき）一団が向こうにいて、手前に、二王女が国民と交流しているような絵が挿(はさ)まれている。おばちゃんから林檎を差し出され、微笑むアンナ。おっちゃんから小籠に入ったキャンディを差し出され、微笑むルンナ。

《鴨が静かに泳ぐ池の前の、野外舞台で、王女がバレエを披露すると、拍手喝采を浴びました――》ドガの有名な絵のような構図だが、首元のつまった、袖も提灯袖になったチュチュを着た外巻きカールの王女の絵。トウシューズを履いている。シューズは精緻に描きこんである。まだバレエ漫画の人気が女の子たちに根強かったことをしのばせる挿絵だが、これを見たりっちゃんが「バレエしてる……。公園に着いてから、公園のトイレでバレエの服に着替えたの？」と訊いてきて、私は噴き出したものだった。「ほんとだね。うーんとね、きっとお城からこの服で来られたのよ。馬車だから、ショールかなにか羽織ってれば大丈夫だったのよ。靴だけベンチにすわって履き替えられたんじゃない?」。妹も噴き出したものだった。

私たちは、たいていの姉妹――何か特殊な家庭事情があったりした姉妹とはちがう、という意味で「たいていの」と言うのだが――がそうであるように、ふつうに仲がよかった。

フィクションとはいえ王族が庶民の前でバレエを踊ってみせる奇妙さを、私たちは子供ながらに感じて笑った。でも、野外舞台の向こうの池で、鴨と戯れている乙女の髪が内巻きであることが、私の胸に影を落とした。それは妹には明かさなかった。

この場面の次は、《誕生と解消》。こう見出しがつけられて、鴨ではなく、《コウノトリがサルビア国にやってきました》と続く。

二姉妹に年の離れた王子が誕生する。祝砲の煙たなびく青空と歓喜する群衆の絵が小さく挿まれている。

――男児誕生により、二人の母である妃の厳しい教育態度は王位継承者に向き、アンナ王女へのそれはぐっと緩められるのだが、すでに王女は乙女である。

マリーゴールド国から結婚の儀をとりおこないたいと使者がやってくる。虚弱だった兄王子が逝去し、弟王子が次なる王となるのでルンナ王女にわが国に嫁いでもらいたいとのこと。――

「お兄さんが死んだから、弟がお婿さんに出るわけに行かなくなったのね」と、ここでりっちゃんは言い、私は内心、体(てい)のいい言いわけだと思った。アンナの許婚王子はお招き舞踏会でルンナを好きになったのだ。自分が王位を継がねばならなくなったとしても、サルビア国には男子が誕生したのだから、アンナにマリーゴールドに来てもらえばいいのだ。

クレマチス国からも結婚の儀をとりおこないたいと使者がやってくる。早くルンナにわが国に嫁いできてほしいと、王位継承をすぐに控えた長男王子が強く要望していると。

大国の、長身でイケメンでスポーツマンの王子。小国の、背は高くないが、やさしくて清潔感がある王子。

「わー、困ったねー、どっちに行くんだろうね」と、この場面でりっちゃんは言った。妹のブラウスの襟の後ろを、私は引っ張った。来訪者から「3歳ちがいなのね」と言われたときのように。

引っ張ると妹は「なに?」と私に顔を向けた。「べつに」と答えた。なぜ引っ張ったのかわからないから、そう言った。

再読の今、思い出すのは妹の「困ったねー」と言った表情だ。困っているようには見えなかった。うきうきしているように見えた。うきうきしていたのだろうか。わからない。妹のことだから。姉妹で、仲もよいけど、妹は自分ではないから。

《——二人の王子からの求婚に、ルンナは王と妃に相談し、王と妃は先王と先妃に相談し、側近の長や占星術師にも相談し、答えをしばらく待ってもらうことにした。そこにシダ画伯がやってきました。

——》

——有名なシダ画伯がやってきたのは、かねてより承諾を得ていた肖像画を描くためだった。

シダ画伯は王女を描いてリトグラフで刷り、王室と懇意の貴族に配った。裾が床に広がるドレス姿の、式典でのローブ・デコルテ姿の、昼下がりのカクテルドレス姿の、くだんの野外舞台でのチュチュ姿の、加えて、名前から月(ルナ)の妖精に見立て、キラキラした薄物を幅広のバスタオルで巻き付けただけのようなエキゾチックなデザインの衣装を架空に着せた姿の、ルンナ王女を。

シダ画伯が刷ったそれを見たのが、タブロイド紙の男性記者だ。彼は画伯に、このような芸術品はもっとたくさん刷って、広く国民に鑑賞の機会を与えるべきだともちかけた。

もともとよりルンナ王女は男性国民に人気があったが、野外劇場でのバレエ披露でさらに高まり、『われらが美しき王女』と題された画集は大売れして、国民のあいだで大人気になった。

むろん、シダ画伯はアンナ王女の肖像画も描いている。『われらが美しき王女』はルンナ肖像画集ではない。アンナ・ルンナの肖像画集である。ただ圧倒的にルンナ王女像が多い。ほとんどがルンナだ――。

《――「まあ、おかわいらしいこと。このお召しものは、ルンナに本当によく似合いますね」と、お城のお部屋で画集を開いたアンナ王女は、バレエを踊るルンナ王女のページをさして、真珠のようにこぼれる笑顔を向けられました》

ここ。ここで小学生の私は腹をたてた。このシーンの後でも、物語の最後までアンナはルンナに笑顔を向ける……というか、ルンナに臆さないのである。

おづか・まんの筆致は、物語の始まりのほうでは、いかにもロマンチックだったのに、前編の終盤はどことなくリポート調になっているので、アンナが決して偽善ではなく、妹を褒めているのが伝わってくる。

だから腹をたてた。今読み返しても、腹がたつ。肖像画の点数だけではない。エレガントな子爵の某、近衛兵隊長の凜々しい某、宮中博士の白皙(はくせき)の若手、それにクラブサン教師のおしゃれな某まで、王女たちと接触する機会のある青年はみなルンナと仲良くなるのだ。

私はアンナに怒ってほしかった。子供のころのページに《ご自分だけがすべてのことをがまんせねばならぬようにお感じに》と書いてあったように。ルンナを褒めてなどほしくなかった。

この物語を小学生の私がアンナ視点で読んでいったのは、彼女が姉だからというのが理由だった。今だから認められるが、表向きの理由だ。表向きというのは、りっちゃんに対して、ということではない。自分に対して。

おづか・まんの絵は、別ガに載っているにしては目をひいた。たしかに精緻で色使いがばつぐんにきれいだ。シックだ。が、前衛的だとか奇抜な絵ではない。「りっちゃん、見て。アンナは内巻きカールで、ルンナは外巻きカールね。この髪の毛のかんじ、きれいだねえ」と、私は妹に言った。けれど、おづか・まんは、カールの向きでアンナとルンナを描きわけていなかった。睫毛の長さとテンテンだ。ルンナの睫毛はアンナより長く濃かった。アンナの顔にだけ、胡麻つぶのようなテンテンが撒いてあった。アンナの顔の、耳から耳へのライン。頬の上部から鼻の中心を通って、もういっぽうの頬の上部に、テンテンが。

佐藤栄作が総理大臣だった時代、『りぼん』でも『なかよし』でも『少女フレンド』でも、そういうテンテンが顔に（胡麻つぶを撒くように）描かれているのは、読者にたちどころにわかる符号だった。テンテンが顔にあるのがアンナ、無いのがルンナ。そのちがいを、私は妹に言わなかった。言わずとも、そんなことは、外遊びの好きな妹にさえわかる。テンテンが何の符号かわかる。だから私は、アンナに肩入れする表向きの理由を、「お姉さんだから」にしていた。

『王女アンナ』は、絵がきれいだから、印象深かったのではない。こんなにきれいな絵なのに、主人公の顔にテンテンがあること、睫毛が非主役より短いことで、私に（おそらく妹にも）、そのタイトルを鑿（のみ）で彫ったように残したのだ。

お部屋の中で読む少女漫画。そこでは、自分の容姿に悩む主人公に、何人か遭ってきた。しかし、彼女たちの目はいつもうんと大きく描かれ、それを「私ってびっくりまなこだから」と悩み、彼女たちの鼻はちょこんと小さく描かれ、それを「もっと鼻が高かったらなあ」と悩み、デニム地のサロペットのショートパンツから、まっすぐな細い足を出して、「おちびちゃん」と長身痩軀の男性からからかわれ、「ン、もうッ。知らないッ」などとそっぽを向いた。

そんなのは（主人公として）ちょうどいいくらいの悩みだ。テンテンのある登場人物だって、ストーリーが進むとほどなく何かの機会が訪れ、途中からテンテンは消えた。

なのにアンナの顔のテンテンは消えない。しかも子供時代にはついておらず、乙女になってからつくのだ。うっすらというレベルではなく、はっきりと濃く描かれている。おづか・まんの絵柄が、当時の一般的な少女漫画の絵柄とまるで違うものでもなかったゆえに、それどころか当時の一般的な絵柄をそのままシックにしたようなものだったゆえに、オーソドックス過ぎるほどの符号がよけいに強烈だった。私の胸を抉（えぐ）った。

だから納得がいかなかった。アンナが怒ったり妬んだりしないことに。

「もっとルンナを妬んでよ！」

小学生の私は思うというより願った。せめて「（作り）話」の中の主人公には、現実の人が躊躇（ちゅうちょ）してしまってできないことを、ストレートにやってほしいと。「あくまでもいい人でいる」ことをやめて、不満を顕（あらわ）にしてほしかった。

「なぜ、画集はルンナばかりなの。みんな、そんなにルンナがいいの」

そう怒ってほしかった。妬んでほしかった。

「なぜルンナばかりが求婚されるの。失敗しても舌の先をチロリと出して首をすくめれば許してもらえると知っているから?」

と恨んでほしかった。

しかし、何十年もたった今読むと、おづか・まんがこのくだりに籠めたものがわかる。アンナはそのような反応が生じないように育て上げられたのだ。

母。古参女官からの意地悪をむしろ発条(ばね)に教育者としての自負をもって厳しく育てた。父。王位につくとは思っていなかったゆえに闊達な気質で、おおらかに包(くる)んだ。理想のプラマイ。

アンナはまさに王女様育ちなのだ。自分についたテンテンが何を意味するか、いや、自分にテンテンがついていることは知らないのである。

(叔母みたいに……)

再読して、私は叔母を想う。りっちゃんに「梨紗」の名を提案した叔母。

たっぷりと脂肪を含んだ瞼が小さな目にかぶさり、枸杞(くこ)の実の形の鼻孔が正面から見える。母も伯父(母の兄)もそのような鼻だから、母方の顔だちなのだろうが、叔母が最も特徴を表に出している。足はO脚。佐藤栄作が総理大臣だったころの「大人の女の人」は、一様にミニスカートをはいていた。現在のように婦人服の選択に多様性(基本的な流行はあるにせよ)がなかった。畑仕事とミシンかけをいつもしている実母は、長ズボンか、でなければ和服だったので、年の離れた末子である叔母の、膝丈のスカートは彼女のO脚を顕にした。

りっちゃんはよく言っていた。「叔母ちゃんの足、高い時計みたい」。

妹とほとんど同じ行動半径の私には〈高い時計〉というのが、P市の商店街に一つだけあった時計店のウインドーに恭しく飾ってあった時計の台についていたギリシア文字の《Ω》のことだとわかったが、知らない叔母は、「高い」という形容詞を賞賛と受け取っていた。知らないから叔母は傷つかなかった。

佐藤栄作が総理大臣だったころにすでに大人だった世代である叔母は、小学校でも男組と女組に分かれて過ごし、小学校卒業後は女だけの学校に通ったのだ。年の離れた末娘ということで、叔母は自律と品格を謳う私立女子学園に通っていた。そこを卒業後には（長女の母の娘時代とは学制がちがうので）、共学の大学に行った。そこで男子学生と麻雀に興じることがあった、というのが叔母がよく語る武勇伝だった。「ほかの女子学生には男子学生たちは声をかけないのよ。麻雀に誘われるのは私だけだったわ。お転婆だったから」。そう言う時の叔母はうきうきしていた。「お転婆」は（私には）謙遜には響かなかった。私は、叔母が武勇伝を語るたびに、彼女に対して「かわいそうに」と思っていた。彼女の武勇伝は、自分で自分を慰め、励ましているのだと思っていたからだ。

秋晴れに映えるサルビアの見える物置で『王女アンナ』を再読して、私は、自分の「かわいそうに」と抱いた感情が、まるでピント外れだったことがわかった。

叔母は遭わなかったのだ。遭わずにすんだのだ。私が幾人か遭ったガキには。

ガキ。まだ遠慮という作法を体得していない男性。素直で無邪気、すなわち直情径行のガキ。共学の公立学校に必ずいる。とりわけ小中学校に大勢。彼らは剛速球で女子にぶつけてくる。容貌の判定を。♂が♀にする、♂の容姿への真実の判定を。ランキングを。

私は何度かこれを受け、深く傷ついた。小学校で受けるこの傷は痕が残る。残ったところに中学校でもまた受ける。今度は彼らは、りっちゃんと比較するのを忘れない。

私は悔しくはなかった。なぜって、彼らの判定が正しいからだ。りっちゃんは、みんながかわいいと思う顔と肢体だと、彼らよりも両親よりもだれよりも、私自身が、いつも間近で、認めていたからだ。ただ、傷つき悲しんだだけだ。

だから私には叔母は奇異だった。叔母は醜女ではなかったが、りっちゃんのレベルではとうていない。なのになぜあんなに自信があるのだろうと。

『王女アンナ』を再読してわかる。叔母はガキから剛速球をぶつけられたことが一度もなかったのだ。ましてや王女アンナに、いったいだれがぶつけるだろう。『王女アンナ』の読者は全員わかっていても、王女様育ちのアンナは、自分の顔にテンテンがついていることなどお知りになるよしもない。

おづか・まんの文章は巧妙だ。二王女は城の中だけで暮らしてはおらず、時々は城の外に出かけ、国民と（護衛官に見守られて）交流させている。完全なる籠の鳥ではないのである。このきわどさ。

ゆえに、アンナは画集『われらが美しき王女』のほとんどがルンナの肖像画であることに、どこかしっくりしないものは感じる。でもテンテンが自分についていることは知らない。そこで、画集にルンナ像のほうが多い理由を、こう解く。「妹だからだわ」。

「あなたは姉なのですから」「そなたはいずれ女王になるのだよ」。母と父から厳しくも温かく躾けられたアンナは、自分が長子(first)のハードウェア、次子(second)はソフトウェアという、国家からの分担に誇りこそ持て、下々の娘のような劣等感など、その裡(うち)に生じるべくもない。そのように、いわば最初から設計されたのだから。

おづか・まんは絵の挿(はさ)み方も巧妙だ。シャンデリアまばゆき大広間での舞踏会で、踊る外巻きカールのルンナ。月影のバルコニーに佇む内巻きカールのアンナ。大きなこの二点のほかに、小さな二点もちゃんとあるのだ。それではアンナは金髪の貴公子と湖畔を歩き、温室のようなところで、黒髪の貴公子とひまわりを見ている。アンナが交際をしても釣り合いそうな年齢の異性といっしょにいるところもあるわけである。

初読時には、私も妹も、この小カットは一瞥に終わった。湖畔でも温室でも、どちらの貴公子も短身公子だった。それは、少年側からの顔にテンテンがついた少女と同じ、少女側が目をとめなくてよい登場人物の符号だったから。

＊

後編では、保留していた求婚に対しサルビア国が答える。

マリーゴールド国とクレマチス国。どちらも友好を望む国。その国の王子ならどちらも愛しいわが娘を嫁がせる相手として問題はない。問題は、どちらの王子も妹ルンナが欲しいと言っていることだ。

《――どうしたものかと迷う王と妃を尻目に、二王女は、姉妹のお部屋で二人だけでお話をなさいました。

「ルンナが決めるのがいちばんなことよ。ルンナがプロポーズされているのですもの」

「でも……」

「なにも二国のお二人から選ばなくても、ルンナにはプロポーズされている殿方がほかにもいるのだから、みんなの中から……」

「プロポーズなんかだれもしてくれないわ。子爵だって、近衛兵隊長だって、見習博士だって、クラブサンの先生だって、わたしとちょっと仲良くなるとすぐ、〈貴方は王女様ですから〉ってひいていったわ。お母様とはちがうわ。

お母様は自由な世界で自由にお父様と恋をして、自由に選んで、籠の中にお入りになったけれど、お姉様やわたしは生まれたときから籠の鳥。籠の外に出ないと自由はないわ。

ああ、わたし、また行きたいわ。ポピー公園に、パイン市場に、ボタン座のオペラに」

「そうね。いいわね。いきいきしていられたわね」――》

二王女の乙女の会話の後に、おづか・まんの絵がまた巧妙に挿まれる。外出した王女たちを小さいながら何カットも何カットも描いている。まるで数時間だけの籠の外が、外の全時間であるかのように。

《――外巻きカールのルンナ王女は、躊躇（ためら）いながらおっしゃいます。

「お姉様、あの、その、マリーゴールド国の王子のこと、どう思われていて？　その、あの、はじめはお姉様と……」

「あら、その方、わたしは存じませんわ。許婚だとお父様から言われていただけで……。

お招き舞踏会の日は、年に一度の大きな満月の夜でしたね。月星所（つきほしどころ）（農作物に影響のある天候を占うために天体観測をする所）の名誉所長であるわたしにとって、あの舞踏会の夜は、月のほうが大切でしたから、その方とはお話ししなかったどころか、遠くにいらしたからお顔も見えなかったわ」

アンナ王女はお答えになりました。ただ、これはすこし本当ではありませんでした。王子のお顔はちゃんと見てらしたのです。王子が自分に向けた顔も、ルンナに向けた顔と、その時の瞳の輝きも。

――》

そうだった。初読時の私は、ここを悲しい場面として読んだのだ。誤読だった。Rの叔母をかわいそうに思っていたのがピント外れだったのと同じだ。長子アンナは、約束を反故にするような無責任な男など自分が見限ったのだ。

《――「クレマチスの王子ならわたしも、あの舞踏会の夜、御挨拶いたしました。温厚な方にお見受けいたしましたけれど、御挨拶は数秒でしたから……」

「ええ、お姉様。わたしは、あの舞踏会のあと、それぞれの国に招かれてまいりましたが、クレマチスの王子はお姉様のおっしゃるとおり、温厚な方です。でも、温厚なだけ……」

ルンナ様はチロリと舌をお出しになって可愛く首をすくめられるのでした。――》

――こうしてルンナは、長身でスポーツマンのマリーゴールド国の王子を選び、二国には婚約が正式に発表される。ルンナと王はマリーゴールドでの祝賀に招かれる。サルビア国でもお祝いにふさわしいオペラがボタン座の大ホールで上演される。小ホールでは仮面舞踏会が催されるというので、アンナは（護衛官に遠巻きに付き添われて）行く。

このおりにアンナが踊った一人が、砂漠の国から来たという、砂漠の王子であった。彼女は彼に恋心を奪われてしまう。――との旨、おづか・まんは綴り、絵も挿まれる。

初読時に、まんが描く彼を見た妹は、「もっちゃん、たいへん。泥棒が入ってきた」と言った。黒いズボンに鋲のついた黒いブーツ。黒いサッシュベルトに黒いマント。たっぷりとした袖のシャツは白いが、黒い帽子をかぶり、黒い仮面（アイマスク）の穴から見えている瞳も黒い。それが裏口を抜けてテラスから小ホールに入ってきているので、妹には泥棒に見えたようだ。「ほんと。ヘンな男の人ね」と私も肯いていたものだが、今読むと、まんは、砂漠の王子を、ハート泥棒として抽象的に描いたのだと思う。謎の象徴である仮面をつけていることを強調させたかったのか、顔が他の登場人物よりやけに大きい。

《――突然の雷鳴に、楽団の奏でる優雅な音楽がとぎれました。窓からは突風。灯が消えました。――》とあって、すぐに《こんなことはたんに不安定な大気によるものです。すぐに雨はやみ、雷雲も去りました。――》とある。

つまり、砂漠の王子がアンナにダンスを申し込んだときに突然の雷鳴となったのは、まったくの偶然でしかなかったことを強調しているのである。

（なるほど……）

私は丸椅子から立ち上がり、アーと大きく声を出してのびをし、また腰かけた。

アンナが砂漠の王子に恋をしてしまったことを、おづか・まんは、王女の恋ではなく、凡（ひろ）く乙女の恋として収斂（しゅうれん）させていくのである。

――突然暗くなって「きゃっ」と思ったときに、「だいじょうぶ」と両肩に手をかけたのが砂漠の王子であったので、アンナに「男らしい」と刷り込まれた。雛（ひな）鳥のインプリント現象のように。

しかも、その直前には、彼の黒ファッションは、彼女に一抹の不安を与えている。

ちょっと怖い。雷鳴と闇。もっと怖い。支えられる。アッ、男らしい。この急変プロセスでインプリントされ、気持ちが揺れる。

気持ちが揺れるというのは、気持ちに電源差し込み口が形成されたようなものである。そこに、だれか他者がプラグを、すなわちその者の気持ち（たとえ恋情でなくとも、嫌悪であっても、復讐心であっても、シンプルな性欲であっても、強い気持ち）を差し込めば、通電してしまう。

差し込むだれかは、多くの場合、揺らした相手であるが、何かの理由により（急死する、急病になって入院する、急に遠方に行かねばならない用事ができる、等々）、揺らしたのとはちがうだれかが差し込んでしまうこともある。それでも通電する。

外巻きルンナの場合は、実は凜々しい近衛兵隊長が凜々しく揺らがせ、差し込み口を形成していたのであるが、あくまでも礼儀正しく凜々しかったので、自分の情熱を差し込むと失職するのではないかと心配して差し込めずにいたところ、近衛兵隊長と外見が同系統の、近衛兵隊長より2インチ長身の、スポーツマンの、マリーゴールドの次男が、プラグを差し込んだので、たちまち通電した。

お招き舞踏会で初めて、長身の次男にエスコートされたときからルンナは恋していたのであり、返答が遅れたのは国家間の外交上のタイミングを見ての都合にすぎない。

内巻きアンナの場合は、世の多くの例のように、揺らした相手とプラグを差し込んだ相手が同一人物である。電圧はべらぼうに高かった。——

初読時の私は、このあたりから「りっちゃん、もうひそひそ声でも喉が疲れた」とか「難しい字が増えた」などと言いわけをして音読をやめがちになった。

砂漠の王子がアンナ王女に高い電圧でアプローチしていくくだりが、恥ずかしかったのだ。

《アンナ、あなたの瞳はサルビア国の透き通る湖のようだ》

《アンナ、内巻きにカールした髪は東方のシルクのようになめらかだ》

《アンナ、薔薇のようなくちびる》

といったようなキザなセリフを言うのであったなら、妹が音読を代わってくれたのではないかと思う。キャア、ヤダアなどと燥躁(はしゃ)いで。そして妹の燥躁ぎに、これ幸いと私も乗じたと思う。

男からのキザなセリフというのは、鼻につくほどキザでも、鼻がひんまがるほどクサくても、耳から入れば、腰と膝から力が抜けるのである。容姿を形容するものであればとくに。

佐藤栄作が総理大臣だったころの日常には、女に「きみの瞳は湖のようだ」などという「音」を口から吐ける男はまずいなかった。岸田文雄が総理大臣になった現在でも、おそらく。相手の容色や性質の美点を心から認めていたとしても、それを口に出せない。

豚児、愚妻。愛するわが子や妻を、貶めて呼ぶことを美徳とする文化に長く居たためであるのが主だが、加えて、そうした麗句を口に出すことが自分にそぐわないのではないかという自信のなさが原因になっている場合もある。だから「そんなこっ恥ずかしいこと言えるか」という意識につながってしまう。

女のほうも同様に、「きみのくちびるは薔薇だ」などという「音」が自分の耳に入ることは、現実にはおこらない、と思っている。だからこそ作り話の中に、そういう「音」があれば、「これは作り話を読んでいるだけ」という免罪符で、安心して燥躁げる。

しかし、砂漠の王子は、アンナの容姿をキザに形容するだけではなかったのだ。形容した部位に、さらに接近したい、と言うのである。

《湖のような》《シルクのような》《薔薇のような》と譬(たと)えたあと、《閉じさせたい》《絡ませたい》《捲(めく)りたい》というふうに。

小学生ともなれば、男子とちがって女子なら察しがつく。つくが、自分が察しがついたことにうろたえる。だから妹も、『王女アンナ』を二人で読んだことを、「秘密の遊びをしてるみたいな」記憶にしてしまったのだろうし、私も音読をやめたのだ。

（しかも、この王子……）

小学生のときには音読をやめたシーンを、今の年齢で再読すると、湿り気がまるでないことに気づく。カラカラだ。

「きみの唇は薔薇だ。その唇を捲りたい」というようなことを、砂漠の王子は、キザに囁いてはいないのである。

「きみの唇は薔薇だ。その唇を捲りたい」というようなことを女に囁く男は、女に慣れた男であるが、そんな男も一国の王女というような立場にある存在には囁けまい。囁けるとしたら、王女本人とは別のところに目的がある者。

しかし砂漠の王子はそうではない。彼は猪が突撃するがごとくに王女に向かっている。

初読の子供のころには、セリフばかりに気をとられていたが、再読すると、砂漠の王子はちっともキザではない。囁かないのだ。まるで「あなたの唇は薔薇であります。瞳は湖であることをお約束いたします」と、選挙カーの候補者のごとくの表明演説なのである。エネルギー満タンである。高血圧なのではないかと心配してしまう。

再読を続けると、この後、彼のお母さんが出てくる……。

*

初読時には、私も妹も、アンナが恋をする相手が砂漠の王子なのが気に入らなかった。彼がつけているマスクが黒い毛皮で作ってあるみたいで（おづか・まんの絵が精緻なので毛皮の質感がよく出ていて、かえって不気味であり滑稽でもあったのだった）、外見が気に入らなかった。

しかし再読すると、彼の外見ではなく、夢物語の中の王子様なのに、エネルギー満タンで遮二無二行動するのが、落ち着かない心地になるので、気に入らなく感じたことがわかる。これはむしろ、キザでないから気に入らなかったのではなかろうか。

アンナは、かつて一緒に湖畔を散策した貴公子にも、温室で共にひまわりを見た貴公子にも、好感を持っていたはずなのだ。ひまわり貴公子とは広い温室を手をつないで見てまわっているシーンがあった。
《彼は礼儀正しく、「お手をおとりしてよろしいでしょうか」と尋ね、アンナが承諾すると、てのひらを上に向けてさしのべ、そこにアンナはてのひらを下に向けて置きました。二人とも手袋をしていますので、手をつなぐというより、アンナがのせた手を、彼がうやうやしく運ぶように、二人は温室を歩きました——》
このシーンを読んで、初読時の私は、やっとアンナにも恋の季節が訪れるのだと期待したものだったが、砂漠の王子の登場で、物語は予想外の方向に進んでいったのである。砂漠の王子はE満タンだから、王女への表明も遮二無二で、アクションも遮二無二で、スピードも遮二無二アップする。
《アンナ王女がお父様とお母様に、オペラ鑑賞会の夜に砂漠の王子と知り合い、おつきあいされていることをお伝えになりますと、王はよろこばれました。妃もよろこばれました——》
王と妃が顔を見合わせて微笑んだという記述のあとに、砂漠の王子がE満タンになったわけが書かれている。
《アンナ王女が、お父様王とお母様妃からの育みにより、今のアンナ王女に成長なさったのと同じです——》
——砂漠の王子は、サルビア国の隣国との国境所で働く官吏を父として生まれた。一人息子である彼が幼いころに、父親はメランコリー病で亡くなる。残された妻（母）は女手一つで息子を育てる。豪儀な達人に竪琴を習わせ、豪儀な達人にダンスも習わせ、さらに毎早朝には国境の裏門を抜けて隣国の豪儀な文法塾に通わせ、隣国の言語を習得させるなど遮二無二に育んだ。竪琴やダンスや語学の豪儀な指導者などより、息子は、自分の母親のもうれつな鼻息を浴びることでE満タンに長じた――と、むろんこの通りではなく、もっとオブラートに包んだ表現でおづか・まんは書いている。

《よりよい暮らしをするために、二人はどうしたらいいかと考えました。そして、ある日、キャラバンが国境近くを通りかかったとき、二人は彼らの馬車に飛び乗り、積んだ荷物の中に隠れて砂漠の国に行きました。そしてその国で王子となったのです――》

このくだり。お部屋遊びの好きだった私だけでなく、外遊びの好きな妹も、「なんで？　なんで王子になれたの？」と首をかしげた。再読でもかしげる。どこにも書かれていないのだ。

《その地の有力者から、お母様はさまざまな助言をもらい、従っていたからです――》これが理由らしかったが……。

私たち姉妹がわからなかったように（再読の私もわからないように）、城の中で疑問を抱く者が出てくる。

――疑問は黒々と城だけでなく城の外にも広がっていった。

砂漠の国から来たというから、てっきりサボテン国から来たのだと、みな思っていたが、その植民地のアロエ州の、そのまた一区域の村長の家に寄食している母子らしい。いや高齢の村長の世話をするというので住み込んでいるうち第二夫人になったらしい。いや夫人はすでに他界しているから正式な第一夫人になって、アロエ州主と知り合い、村長が老衰で他界すると、アロエ州主に息子を養子にしてもらったらしい。そうではない。いや、ああでもない。ううん、こうではないか。わからない。みな、なんだかわからない。これでは、砂漠の王子ではなく仮面の王子だ。――こんなふうな疑問が広がり、王と妃が、砂漠の王子を城に招いて尋ねると、

《――「はい。占星術師の助言に従って、お母様とアロエに行きましたところ、ふとしたことで州主と知りあいになって、たまたま州主の親切心から、大勢いらっしゃる王子の一人に加えてもらったのです」と、砂漠の王子ははきはきとお答えになりました。ですが、〈ふとしたこと〉とはどう〈ふと〉なのか、〈たまたま〉とはどう〈たまたま〉なのか、〈親切心〉とは何なのか、王と妃はどうも合点がいきません。はきはきした口調に比して、具体的な説明が何もないからです。――》

――何よりも王は、彼とアンナがオペラ鑑賞会で知り合ったと思いこんでいたのが、そうではなかったことで、俄かに彼らの交際に難色を示し始める。

（そうだろうね……）

再読の私には、王の難色がよくわかる。彼は自分がそうであったように、オペラ鑑賞会でアンナと砂漠の王子が知り合ったのだと思っていた。自分がそうであったように、青年貴族や裕福な商家の息子たちのグループが、お膳立てとまではいかぬまでも、自然に知り合うようにしたのだと思っていた。教会内に設けられた学問所に集う青年貴族や裕福な商家の息子たちのグループがときおり催すのがボタン座大ホールでのオペラ鑑賞会なのである。

よって、アンナの交際を王が知り、側近たちが相手のことを調査しようとしたときも、「そんな必要はない」と制した。

彼は「兄とはちがって長身でスポーツマンで自由闊達な王族」というキャラクターで、ずっとやって来たのだ。彼には、兄から譲渡された王冠よりも先に、ずっと自分が戴いてきた「自由闊達なぼく」へのプライドがあったのだ。自由闊達でいられる弟であったからであることには気づかない弟を、いられない兄が諦念の優しさで見つめてきた傍らで。

二王女には年の離れた弟もいる。次女は大国に嫁ぐ。ならば、長女にはサボテン国の王子を婿王子として城に迎え、サボテン国の珍宝とわが国の穀物を交換する。みな幸せだ。そう考えていた。

ところがちがった。

サボテン国ではなく植民地アロエ州なのはともかく、自分とはちがって、オペラ鑑賞会ではなく、仮面舞踏会で出会ったというのが、いやだった。父もまた生まれた時から籠の鳥であり、籠の鳥内での自由闊達を満喫して育ち、オペラ鑑賞会以上の籠の外のことには想像がまるで及ばず、異質でしかなく、異質なものは嫌悪だった。

（長子じゃなく次子だもんね……）

私は再読を続ける。

――ショックで塞ぎ込んでしまった王のために、侍従長は、砂漠の王子についての調査をする。刑場官吏が手下にしている凄腕の探り屋にも調べさせる。が、すでに入手している情報とほぼ同じだった。そこで、王の侍従長は、王子の母に直接、身上を尋ねようとした。正面から本人に尋ね、本人と面会するのが最良だと思ったのだ。ところが彼女は頑として会わない。《事実でないことが事実であるようになっています》と、書面で、返ってくるばかりである。

そこで、いっそアンナと砂漠の王子から、直接、じっくり話を聞こうとして、アンナの乳母を通じて頼んだ。ところが、二人は侍従長と会っても、《事実でないことが事実であるようになっています》と、書面に書いたものを読み上げるばかりである。

《――先王の代よりの侍従長は疲れてしまい、ある日、厩舎（きゅうしゃ）番の息子を誘って、湖に魚釣りに行きます。

「儂はな……、自分一人でなら思うのじゃよ、儂一人の胸でならの……。もし、あの女人が仮に……、極端な〈仮に〉じゃ。もしやと思っているということではない。極端な仮の話じゃが、仮に、あの女人が息子を育てるために宿場で酌婦をしていたとか、力のある男に媚を鬻いでいたとしても、謗りはせぬ。なんと苦労をされたことよと思うのじゃ。

頼れる身内もなきに等しく、女一人、幼子を抱える状況になったなら、捨てる殺める者もいるというのに、さようなことをしてでも、おお一人息子よと愛し、育てたのじゃ。

尤も、儂が同じ立場であれば、わが身は豪儀な家に生まれざりきと、子に豪儀に竪琴やダンスや越境しての文法塾通いなどさせず、ゆえに媚を鬻ぎもせず、倹しく暮らす。

だがの、潤沢の家に生まれなかったのなら、この手でそれを摑まんという猛気もある。猛気で、無理も遮二無二押し退けてゆく。それは砂が水をぐんぐん吸うのと同じ。力がきょうれつなのじゃ。

それを下品だとか節操が無いだとかと感じる感覚もあろうが、儂はそんなことはいいのじゃ、そんなことは――》

侍従長の長いひとりごとは、初読時には私も妹もよくわからなかった。今はわかる。

砂漠の王子の母親をガツガツしていると感じたところで、そんなことは、とくに才なくして、たんに偶然に、金に苦労しないでよい家に生まれた者の言い分よ、努力しないで暮らせる既得権を捨てたくないケチな言い分だわ、とつっぱねられたらそれまでだ。

猛気の母に揺籃より、わが身を肯定されて肯定されて肯定されて肯定されて育った砂漠の王子から、愛を表明されて、アンナのほうも長子の誇りを新たにしたのであろう。次子が受けるのは、数は多いが薄い愛。長子が受けるべきは、世界に一つだけの濃く深い愛。

再読するとアンナが砂漠の王子に、強く惹かれるのもまた、自然なりゆきかもと思われる。アンナもまた父から肯定され肯定されて育ったのだから。

自分の母の、よそから大家に嫁いできた女が舐めた苦労ゆえの、尤もなる躾を、煩い束縛と撥ね除けたいのは、父からの溢れる肯定を受けて育った、世の中のかわいい乙女がみな通る道と言っても過言ではなく、そのかわいい瞳には、砂漠の王子の遮二無二満タンのエネルギーが、煩い束縛をパチンと撥ねてくれると映っても、ふしぎはない。

砂漠のママも、アンナには好ましかっただろう。遮二無二わが息子をグレードアップさせた砂漠のママなら、そのグレードアップのフィナーレである自分は、自分の母が神経を使いに使ったような、「家」なる囲いの中における、シュウトメと自分とのプライオリティーに悩まなくてすむ。かわいい乙女は、そう明確に意識はしなかっただろうが、どこかで感じ、その安堵感が砂漠のママへの許容になるのはふしぎではない。

物語はもうあと残りわずかだ。

《――そんなことはいいのじゃ、そんなことは。

儂が解せぬのは、ただ一つ。なぜじゃ？　なぜ、あの女人は儂に会ってくれんのじゃ。なぜ、あの若きお二人は話してくれんのじゃ。事実でないことは何なのか、事実は何なのか、自分のことばで語ってほしいだけなのじゃ。なぜ会ってくれんのじゃ――》

このお爺ちゃんの侍従長が、釣り竿を立て、泣いているかにすがり、厩舎番の若者が背中に手をかけて慰めている絵が挿まれている。

お爺ちゃん侍従長は、とうとう三人とは直接、話しあえないまま、物語はアンナの結婚で終わる。

《こうしてアンナと王子は、サボテン国の都にお城を築き、呼び寄せた王子のお母様と三人いっしょに、いつまでも幸せに暮らしました。》

ラストを読んで私はびっくりした。

再読するまで、私はアンナが王子と結婚して向かった先は、サボテン国ではなく、王子の故郷、植民地アロエ州の小さな村で、そこに後日、王子のママもロバでやってきて厩舎番と乳しぼりをして暮らした、とおぼえていたのだ！

ママが風呂敷包みのようなものを背中に背負い、ロバに跨(またが)った絵まで見たような錯覚をしていた。侍従長の横にいた厩舎番の若者の絵と混同していたらしい。

砂漠の王子との交際がアンナに気づかせたのは、自分の天文学や美術史の知識も語学力も、サルビアの国民の労働と納税で体得したということだった。ゆえに、彼女と王子は、アロエ州の小さな村の村長の家の厩舎番の職を得て、王子のママは村の小さな牧場で牛の乳しぼりの手伝いをして、三人で爪に火を点(とも)すほど倹(つま)しいながら、自由を手に入れて暮らしたとおぼえていたのだ。

まちがえておぼえて、私は『王女アンナ』という物語を、夢を叶えた王女様の話だと、長いあいだ思い込んできた。

なぜこんな記憶の改竄(かいざん)をしてしまったのだろう。

ガラスの向こうに見える赤いサルビア。秋晴れの空。

初めて『王女アンナ』を読んだとき、私はまだ憧れ多き小学生だった。アンナよりルンナより砂漠の王子より、この物語に出てくるだれよりも、私は、厩舎番の若者の生活を空想した。

馬を洗い、撫で、ニンジンを食べさせ、馬の糞をシャベルで桶に入れて畑に持ってゆき肥料にし、厩舎を掃除し、日が暮れれば自分の小屋に帰る。朝と夕に、蒸したじゃがいもと野菜のスウプや、たまに湖で釣った魚の干物。藁のベッド。舞踏会はない彼の暮らし。

　そんな暮らしを、たぶん、私は夢見たのだ。そんな暮らしがのんきで幸せだと。

　まじめに暮らしていれば、お空の神様が褒めてくださり、彼のような人にめぐりあわせてくださり、彼に、自分の顔についたテンテンを「そのままのあなたがよいのです」と認められ、呪文が解けて、テンテンが消え、そうして、倹しいながらもたのしいわが家で暮らしていく。そんな、いかにも、まじめな上の子が、清潔だとする夢を……。

（あっ、鍋を渡すの、忘れてた）

　私は、二冊の「外国の女の子のやつ」を名鉄百貨店の袋にもどし、袋を棚にもどし、丸椅子をすみっこにもどし、鍋の箱をさがした。

　妹から、もらいもののジンギスカン鍋が物置にあるから、私が使わないのなら、店子の奥さんかだれかにあげてくれと頼まれていたのだ。

（えーと、えーと）

　棚を見渡し、鍋が入っていそうな箱があったので、それと自分の鞄を持ち、ドアに鍵をかけて、私は物置を出た。

＊＊＊

　奥さんは、ジンギスカン鍋を喜んでいた。

「うちは、子供も、主人も、羊のお肉が好きで」と。

私も羊肉は好きだが、夫がさほど好まない。嫌いではないが、自宅で専用鍋で焼くほど好きではない。ムンバイに住む娘一家に、わざわざ送るほどの鍋でもない。

「うちは、みんな食べないから」

りっちゃんの婿さんも、同じ敷地内に住む舅姑(きゅうこ)と義兄一家も、同じ市内に住む義妹一家も、嫌いだそうだ。りっちゃん本人はどうであったか、実家にいっしょにいたころは、いっしょに羊肉を食べる機会がなかったので、おぼえがない。

りっちゃんは、「下の子」というものの多くがそうであるように、なんでも「上」である私の真似をした。そして、まるで私は練習台であったかのように、なんでも私より上手にやった。

大きな都市の大学に進学した私を追いかけるように、りっちゃんもやってきた。四年制ではなく、私がしたほどの勉強をせずに入れる短大だったのも上手だった。短大時代には私といっしょにアパートに住み、卒業するとP市にもどり、婿養子をとるかたちで結婚し、改装前の実家に両親と住んでいた。

両親が亡くなってからは、豪邸といっていい家に婿さんと移った。

婿さんの親の所有であるR市の絶好の土地に、婿さんの兄家族と舅姑の家、庭を挟んでりっちゃん家族の家。どちらも大きく立派だ。

婿さんのお兄さんは、お父さんのあとを継いで県会議員をしているから、次男の妻とはいえ、なにかと忙しいようだ。

今回の屋根修理だって、婿さんのお母さんだか、近くに住む妹さんだかが、「ここに頼むように」

と指定した業者に発注した。私としてはP市の業者さんのほうが、修理現場に近いし、スケジュール的なことで融通が利きやすいと思ったのだが、電話口でのりっちゃんが、強く願ってくるので、言うとおりにした。

「お義兄さんの選挙で、北海道出身の人にお世話になって、その人にお義姉さんが贈ろうとしたのを、違反になるからってお義母さんが止めて、それをお義母さんから譲られて……、使わないんだけど捨てるのもナンなんで、あそこの物置に箱に入れて、風呂敷に包んだまま置いてあるから、もっちゃんとこ使うなら持って帰って。使わないなら、あそこの奥さんかだれかにあげて」。りっちゃんは電話で言っていた。

婿さんの親族は、羊肉が嫌いだがローズマリーも嫌いだそうだ。

りっちゃんが言うのを聞いて、そんなのはなんだかいやだなあ、そういうのは私なら困るだろうなあ、と、思ったけれど、りっちゃんはけっこうてぎわよく、日々、やってのけているのである。

P駅から電車に乗った私は、ロングシートにすわり、ドア袖の仕切りに体を大きく斜めに凭せかけた。

(そうして、いつまでも幸せに暮らしました……か)

『王女アンナ』は、再読するとちょっとへんてこな物語だったが、仕切りに凭れて目を閉じると、へんてこに納得する。

(あれはまあ、なんというか……)

私は思うのだ。「そうして、みんな、それなりに暮らしてゆきましたとさ」と。

2 王妃 グレース

『少女部』。古本屋で買った雑誌の名前は、現代にあってはどこかしら男の気を引くようなものが柔らかく漂う。

それもあって、あのときの連れは買ったのだろうか。古本屋の棚から最初に手にとったのは男の部員だったはずだ。

インターネットが普及してから検索したら昭和十年に創刊され、戦中の休刊期間を経て戦後に復刊し、昭和三十一年に廃刊になっている。毎月刊行されていた時代には、今この誌名が響くようにではなく、もっと反対の響き……異性とは軽々しくことばを交わさせないような別学女子学校のお堅いイメージ……が茫漠と籠められていたのではないだろうか。そうであれば、時代の移ろいというものはおもしろいものだ。

ずいぶん前に四人で旅行したおりに買った雑誌である。ずっと放ったらかしにしていたのだが、P市にもどってきてからは、季節が変わるごとに、これを布の鞄から出す。これとほぼ同じ判型に引き伸ばしてパネルにした写真とともに。

写真には仮題で「サルビア」とつけていた。今なら「少女部」にしたほうが合うかもしれない。この題が、今の時代に響くような雰囲気が、被写体にはある。

（それを、お姉さんは見たのかもしれないな……）

被写体は、妹のほうである。梨紗ちゃんという妹を、ぼくは撮った。中学生の彼女を撮り、彼女にあげたのだが、後日に返されたので、ぼくの手元にあるのである。

『少女部』と梨紗ちゃんの写真が、そろって布の鞄に入っているのは、たんにサイズ的に、この二つがちょうどすぽんと入ったからだった。それだけのことだったのだが、曇った朝に、こうして見直していると、梨紗ちゃんからは離れて、そういえば、娘の中学校の制服にはスカーフはついていなかったとか、息子のそれは自分の中学時代とほぼ同じ詰襟だったなど、二人の子供が成長してゆくさなかに、そのつど家族四人で話題にしたことが、ぽうっ、ぽうっと浮かんでくる。

娘は小学生のころ、エレクトーンを習っていた。習うといっても、退職した音楽の先生が学童クラブの小学生みんなに教えに来てくれるていどのこと。P市にもどるまでは妻もフルタイムで働いていたので、娘は学校がひけると、住んでいたマンションの敷地内に、マンションの住人に向けて設けられていた学童クラブに行っていた。そこに寄付されたエレクトーンが二台あった。「小さいほうは、音が出ない鍵盤がところどころあるんだよ」。娘は言っていたが、妻が「エレクトーンおけいこバッグよ」と、布の鞄をミシンで作ってやるとよろこんで、それに教則本を入れていた。

「いやな天気ね、今日は。雨ふりそう。ちゃっちゃとすませちゃうね」

妻の尻だけが、押し入れから出ている。

「ちょっと、高沢くん、これ、どっかはしっこにでも置いてよ」

ずずと、引っ張りだした布団圧縮袋を、ぼくのほうは見ずに、後ろにすべらせてきた。ぼくは高沢という苗字で、妻の旧姓は安江である。安江は苗字だ。

学生時代に同じサークルだったので、妻はいまだにぼくを「高沢くん」と、ぼくは妻を「安江」と呼ぶ。今の若い人は、親しい同級生同士なら男女ともに苗字を呼び捨てにし合うのだろうが、ぼくたちが学生のころには、その不均衡にまったく気づかなかった。こうした何気ないことに、ぼくたちの世代の意識はぽろりと出ている。

　ヤスエというのは名前のようでもあるので、安江ちゃんと呼ぶ男子学生もいたが、苗字に〈ちゃん〉を付けるのは、ＴＶ局や芸能界スタッフのようで、どうもいやで、当時の男子学生が女子学生を呼ぶときの、ごく一般的な呼び方である、苗字呼び捨てをしていた。


「安江、もういいんじゃないか、これくらいで。すぐ昼になるよ」

　ぼくは妻の脇からフローリングワイパーを差し込んで中を拭く。

　ここにもどるまでは、Ｒ市の、駅からはかなり遠いが会社には近い賃貸マンションに住んでいた。会社が数戸まとめて借り、いくぶん割安で社員に貸してくれる物件である。ぼくが勤めていたのは大手自動車メーカーの関連会社だったが、コロナ禍でテレワークが多くなったのを機に、Ｐ市にあるこの実家にもどり、そのまま定年退職した。ぼくが勤めていた会社近くの保育園に勤めていた妻は、Ｐ市にもどるときに退職した。

　季節の変わり目に、妻は衣類や寝具の取り替えをする。押し入れの、物と物のすきまに入れた布のおけいこ鞄も出てくる。と、彼女はそれを壁に立てかける。「このバッグね、ここにほら、サボテンのアップリケを、上と下につけたのがポイントなのよ。キルティング地につけるの、けっこう手間がかかったのよ」。自分が手作りした鞄に愛着があるのである。

　時計やラジオの修理をしていた亡父は締まり屋の男だったが、「いずれ、だれかもどることがあっても」と、つまり、ぼくか妹が家族を連れてＰ市にもどるようなことがあってもいいようにと、亡くなるちょっと前に、トイレ風呂場台所といった水回りをぜんぶ改装していたので、ぼくらは和室をフローリングにするていどの追加改装するだけで、実家は古さによる不便はなかった。

　妻がエレクトーンのおけいこ鞄を出したからといって、なにも中のものを取り出さずともよいのだが、一学年下の彼女は、季節ものの入れ換えを、なぜか、ぼくが暇そうにしている時を狙うかのようにおこなうので、ついぼくもサボテンのアップリケをつけるのに妻が苦心したという布鞄の中身を、緩慢（かんまん）な動作でなんとなく取り出してみる。と、「ちょっとは手伝ってよ」と言われ、「ああ、ごめん」とフローリングワイパーを持ってきて適当に拭く。いつものことだ。

　大学生のころ、ぼくは写真に凝っていた。花と木の写真をよく撮った。人物を撮るにしても花木を入れた。インターカレッジの写真サークルで知り合った安江をモデルにして撮った『クレマチス』という題をつけた写真は、大学のあったR市の市民文化祭で最優秀賞をもらった。改装前のこの実家の庭で撮った。短大生だった安江が、そのころはまだ元気だった亡母から、畑仕事のさいに着る、P駅前の商店街の『アラマサ』かどこかで買ったモンペのようなズボンに、ばさばさした黄ばんだブラウスを借りて着てしゃがみ、クレマチスに如雨露（じょうろ）で水をやっているところを撮った。若いモデルがモンぺまがいのいでたちだったところがウケたのだろうと、今では思う。

　せっかく最優秀賞をもらった写真なのに、妻は気に入らないらしく、大事に箱にしまってはいるのだが、開けて見ようとはしない。

「あんな服、もっさいし、髪もぼさぼさだし、鼻ふくらませて大笑いして、奥歯まで見えててやだ」。

だが、そこがよかったのだ。ぼくらの恋愛がいちばん熱いときで、安江の、なんのつくろいもない笑顔は、写真を前にした人に、よろこびがあふれて見えたのだと思う。

「わたしも、梨紗さんみたいに撮ってほしかった。若いときに、そんな写真撮ってもらってたら、記念になったのにい」。妻は、ぼくが写真を出すたび、衣類の整理をしながら、ぼくに背を向けたまま言うのである。

なるほど梨紗ちゃんの写真は、二の線である。ぼくが通った、それにぼくの妹も梨紗ちゃんたち姉妹も通った学校の、花壇のサルビアがきれいに咲いた季節に、花壇の手前でサルビアを斜めに見る梨紗ちゃんのバストアップだ。

サルビアを見て微笑む梨紗ちゃんの、セーラー服の白いスカーフが、微風に吹かれている。

ぼくの妹は二つ下で、順子という名前なのだが、梨紗ちゃんは妹をよく訪ねてきた。お姉さんは元子ちゃんといい、二人が少女向けの漫画誌を一冊、入室許可証のように手にして、わが家の玄関に立っているのを、ぼくが出迎えることもあった。「あいついるよ、二階に上がりなよ」。

昭和のあのころは、ぼくも、友人の家に行っては、少年向けの漫画誌を貸し合ったものだ。

彼女ら姉妹より順子は学年が上だった。親父は、妹には（男である兄のぼくからすれば）甘く、一人で二誌も買ってもらっていた。小学生は大人とちがい、一つでも学年が上だとかなりの差に感じられるから、順子は親分風を吹かせて、自室で漫画誌を姉妹や、近所のほかの同じとしごろの女児たちに見せてやっていた。

セーラー服を着ているのだから、梨紗ちゃんの写真を撮ったのは、妹たちが漫画誌の貸し合いっこをしていたころではない。もっと後だ。中学生になった彼女本人から頼まれた。

学生時代、ぼくは安下宿住まいをしていたのだがP市とR市は在来線で一時間ほどだから、長期休暇でなくとも時々家に帰った。そのおり、梨紗ちゃんが、ぼくが写真サークルに入っていると、親父が修理コーナーを出している時計店の客の立ち話で聞いた（せまい田舎町だ）と、家にやってきて、頼んできた。中学生の今の自分の記念にしたいからと。

大学のサークルの暗室で現像すると、われながら上手く撮れていた。十四、五の少女がよろこびそうに撮れている。引き伸ばしてパネルにして、次に家にもどったおり、梨紗ちゃんの家に持っていった。

梨紗ちゃんは不在で、お姉さんの元子ちゃんが玄関先で応じてくれた。頼まれた写真を持ってきたと言うと、「え?」と元子ちゃん。「証明写真? なんで……」。

昭和のあのころは、スマートフォンどころか二つ折りの携帯電話も、使い捨てカメラもなく、写真を撮るという行為は、気軽ではなかった。遠出の旅行や式典や法事や発表会といった記念写真か、でなければ入学就職用、パスポート用などの証明写真だった。フィルムや現像にいちいち金がかかるから、誕生会でさえ、そう気軽に写真は撮らなかった。記念写真でも証明写真でもないものは、モデルにいいいいなってもらった写真、というなにか特別感のあるものだった。

ぼくが写真を撮ったことは、元子ちゃんも知っているものと思っていたので、ややとまどった。「大学で写真サークルに入っているもんで頼まれたんです」。「そうだったの」。「じゃ、これ、渡しておいてください」。

そんな短いやりとりをしてから、ぼくは元子ちゃんに、親父が修理コーナーを出している時計店から入手した、きれいな色の紐のついたしゃれた紙袋に入れた写真を渡した。見ていいかと訊かれ、もちろんと答えると、そうっと元子ちゃんは紙袋から引き出した。「まあ、きれいに撮れてる。きっとりっちゃんもよろこぶわ」。ぼくは照れて、しきりに上着の袖で額を拭った。

元子ちゃんは、そのころ高校生だった。きれい、よろこぶ、という写真への感想は、自分の写真技術を称賛されていると思ったのだ。「バッカねえ」。そう言ったのは妻だ。

このときのことを、妻と話したのは、P市にもどってからである。R市を引き払うにあたり、大がかりな整理をして、梨紗ちゃんの写真は出てきた。それまでは、自分が撮った写真のネガやプリントを収めた段ボール箱にみないっしょに入ったままだった。

「バッカねえ。そんな写真テクなんか、JK（女子高生）に、それも昭和のJKにわかるわけないじゃない」。若いころから今でも、変わらず大きく口を開けて笑う妻。「そっか。そういやそうだな」。何十年もたって初めてぼくは納得した。大学生のころには、わからなかった。

「妹さんのほうだけ、そんなふうに撮ったら、お姉さんがおもしろくないのは決まってるじゃない」。

「姉妹そろってるところで、ぼくが梨紗ちゃんだけを撮ったのだったら、安江がそう言うのもわかるよ。でもこれは、梨紗ちゃんが一人でぼくのところに来て、頼まれたから撮ったんだよ」。「それなら、本人に渡さないとだめよ」。「次は元子ちゃんを撮るよって、言ったよ」。

姉妹の家の玄関で、ぼくは元子ちゃんにそう言ったが、聞こえなかったのか、それとも無視したのか、答えなかった。だまって写真を見つめたままだった。そしてこう言った。「こんなふうに見えているのね」。

ぼくは、意味がわからなかった。なので「写真に撮るとじっさいとはちがって見えることがよくあるからね」と、一般的なことを言っておいた。それはどういうことか、とは訊けなかった。

梨紗ちゃんの写真を見る元子ちゃんの横顔が、ぼくがそれまで知っていた彼女とは別人のようだったからだ。

うちの順子なんかと比べたら……などと言うと順子は怒るだろうが、長男は母親に、長女は父親に似ることが多いのに、ぼくらは男女の双子なのかとよく尋ねられるほど兄妹そろって父親に顔が似ており、妹を見ると、親父を見るようでもあり、鏡に映った自分を見るようでもあるので、どうも……、なので、うちの妹などとはちがい、小学生のころから元子ちゃんも、梨紗ちゃんと遜色なくきれいな子だった、ように思う。

ように思う、とは無責任なのだが、彼女たちは、あくまでも（ぼくからすればうるさいガキの）順子を訪ねて家に来る小学生、言わば同類のガキに過ぎず、容貌については、R市に出てから「そういえば」と思い出しての記憶なのである。

元子ちゃんはお姉さんだけあって、梨紗ちゃんよりしっかりして見えた。庭で、順子と梨紗ちゃんがビニールボールできゃあきゃあと遊んでいても、元子ちゃんはそれを脇で見守るような、口数の少ない子で、上級学年にはとても見えない順子の幼稚な挙措に比べると恥ずかしいかぎりに、きりりとしたかしこそうな風貌だった。

元子ちゃんが聡明なあかしに、玄関先でぼくが、なにかしらとまどったことを、彼女はすぐに察知した。はっと表情が変わり、口調を明るくした。「この写真、将来、りっちゃんのお見合い写真に使えるんじゃないかしら。モナコの王子様とかに見初められたりしてね」。元子ちゃんがそう言ってくれたので、ぼくも「そうなったあかつきには、ぼくも豪華な晩餐会に招待してもらわなくっちゃね」と返して、笑いながら玄関の敷居を跨ぐことができた。「次は元子ちゃんを撮るね」と言い残して。

しかし、撮る機会のないまま月日は過ぎ、梨紗ちゃんの写真も、本人に不要になってしまった。

梨紗ちゃんにR市の旧家の次男から縁談があり、男性のぼくに個人的に写真のモデルをしたようなことがある過去はよろしくない、という判断を仲人がしたようなのである。

すでにぼくはR駅からは遠いマンションに所帯をかまえていたのに、そこに仲人がわざわざ返しに持ってきたのだ。妻が出産のために実家にもどっていたときだった。

仲人なる人は「中学生という、浅はかなあやまちをおかしがちなとしごろに」どうのこうのと言った。ぼくはすごく気分が悪くなった。

「写真のサークルで活動なさっていたということですから、芸術作品としては手元におかれたいかもしれないと思いまして、お返しに。こんなに立派なパネルなので」。じゃ捨てれば、と言い返しそうになった。ぼくに写真を撮られたことがよくないのであれば、わざわざ返しにくる意味もわからない。気分の悪さに無言で受け取った。そのせいで、他のものといっしょくたに、長く段ボール箱に入れたままだったのである。

それからR市を引き払うときに、写真と『少女部』が同じ袋に入った。

妙な返し方をされた梨紗ちゃんの写真とはちがい、『少女部』のほうは、表紙を見ると、妻と知り合ったころに深夜放送で聞いた曲だの、行った喫茶店のドアだの、二人で密かに揃いにしてかぶっていた帽子だの、なんでもが愉快だったころにふれたものが次々と浮かんでくる。

といっても、古いこの少女雑誌の中身は、ろくに読んだことはない。

大学生のころ、写真サークルで、安江も含むとくに親しい四人で、東京に一泊で遊びに行った。三省堂で開かれていた写真展を見たあと、神保町の古本屋で一人が表紙に目をとめた。「これ、写真？絵？」。時代的な技術のため、表紙は、写真なのか絵なのかわからないほどべたーっとした印刷で、それがおもしろくて「ワリカンで買ってみようぜ」と買った。

帰りの新幹線車中で回し読みしたそうだが、ぼくは寝てしまい、下車するさいに、安江からぼくが預かり、そのままになってしまったのである。

目次には、表紙だれそれと名前が出ていたが、大学生のぼくが知らない名前で、P市にもどってからの季節の衣替えのおり、インターネットで検索して、往時は大人気の童謡歌手だったことを知った。文化史として稀覯本だろうと思う。

グラフ記事など、グレース・ケリーがモナコ公妃になったニュースなのである。

ひかり0系車輌の中では、安江ともう一人の女子部員が、きゃあと注目していた。すでに古びた記事であったにもかかわらず、あんなふうに女子部員が注目したのだから、銀幕の美人女優が公国のお妃様になったことは、世界中の多くの女性たちにとって、まるでおとぎ話のようで、グレース・ケリーはメルヒェンの主人公になった。

「そうか、元子ちゃんがあのとき、あんなことを言ったのも……」

「なあに？　私が何を言ったって？」

「いや、この写真の子のお姉さんが、言ったことを思い出したんだよ」

モナコの王子様に見初められたりしてね、と元子ちゃんが言ったと、ぼくは妻に話した。

「モナコ？　そっか、モナコのニュースね。あのニュースのころだったから、あの話が載ってたのね。私ったらニュースのことは別もんで読んでた。高沢くんは気づいて、あの話、読んだ？」

妻は『少女部』を手にして、ぼくに訊く。

「あの話？」

「読んでないの？　『王妃グレース』っていう話よ。やだ、部室で、すごくおもしろかったよ、って言ったじゃない。嘘だったの？」

そうだ。嘘だった。「おもしろかったから高沢くんも読んで」。安江は、新幹線を降りたあとぼくに『少女部』を渡してきた。割り箸の袋が栞代わりにはさんであった。

武骨な男子学生三人が寝食する賄い付きの下宿の、西向きの自室で、その代用栞を抜くと、その袋から割り箸を出して車中で食べた駅弁を思い出し、腹がへってきて、早々に下宿のおばちゃんが煮炊きをしている台所兼食堂に下りてゆき、それっきり読まなかった。

翌日に、ぼくは部室で安江に会い、「おもしろかったでしょ?」と訊かれ、読んでいなかったのに、彼女によく思われようとする若気の至りで、「うん。すごくおもしろかった」と嘘をついたのだ。

「いやだもうー、私、何十年間、だまされてきたのかしら」

ぷんぷん、と擬態語を口にし、寝室にしている六畳間を出ていった。

廊下から声が聞こえた。

「洗濯機がピーッと鳴ったら、あとは高沢くんの分担だからね」

ピーッ。妻の落胆を代弁するかに、風呂場のほうから洗濯機が鳴った。ぼくは洗濯物を、雨がふりそうな外を避け、庇のあるベランダに干すと、窓ぎわのソファで『少女部』を開き、『王妃グレース』を読み始めた。

《サルビア国には透きとおる湖がありました。湖のほとりには、低い塔、中くらいの塔、高い塔のあるお城がたっていました。あるとき、赤い病が流行して――》

こう始まる『王妃グレース』には、古臭さを感じさせない、精緻なイラストがついている。文と絵/おづか・まん、とある。

「です・ます」体の童話風の文体で、これが『少女部』という、今はもう廃刊になってしまった雑誌に掲載されていると、表紙モデルがどんな童謡を歌っていたのかも知らないくせに、〈もうかえることなき、あの古き良き日々〉みたいな、根拠のないノスタルジイに包まれた。

読み始めると没頭してしまい、一気に読んでしまった。要約すると『王妃グレース』という物語は――。

＊＊＊

サルビア国なる所に住む「彼女」は、ある日、赤い病だと診断される。

赤い病に罹患すると、疱疹が広がり、皮膚が赤くなって痛み、発熱し、不眠をひきおこす。原因は皸割(ひび)れとされるが、はっきりはしていない。

安静にしていれば十日ほどで治る病気なのだが、眠れぬ夜がつづくために、どうしても鬱々として、やや常軌を逸した行動に出る患者もいる。よって身内が赤い病を発症すると、家族は注意を払わないとならなくなる。そういう、童話の中の病気である。

赤い病と診断された「彼女」は、ただ「彼女」である。どこのだれともラスト寸前まで書かれずに話は進んでいく。

「彼女」は、診断結果を医師から聞かされると、まっ先にある一人を思い出す。自分の治療について考えるよりも先に。

彼女が思い出した人物については、Sというイニシアルになっている。

Sと「彼女」は、学校に通っているころの同級生、という関係である。

学校に通っているころ、Sが赤い病に罹ったのである。それで「彼女」は自分の診断のあと、Sを思い出したのである。

先生がSの罹病を朝の会で伝え、「S嬢がはやく回復なされますよう、お教室のみなさまでお祈りをいたしましょう」と言うシーンでの、先生のシスター然としたいでたちや、胸にかけた十字架、級友同士の会話のことばづかい、彼女たちの衣服や持ち物、等々の描写によって、この学校が、そのへんの庶民が通えるようなところではないことがわかる。

診断後の、現在の「彼女」は、かつて教室でSの回復を祈って手を組んだことを思い出し、さらに、そのあとすぐの休み時間に、あの人はだらしがない、というようなことを級友たちに言ったことも、診察室で思い出す。


だらしがないわね。

だめね。

どう言っただろうか。「彼女」は十代の日々をふりかえる。

いずれにせよ、自分は、Sをなじったつもりはない。罵ってもいない。ごく軽い意味で、そう言ったに過ぎない。「彼女」は過去についてそう思う。

そうよ。

そうよ。

そのとおりよ。

ほかの生徒も、みなが自分に同意していた。わたしはまちがっていない。

診察室から自室にもどっても、現在の「彼女」は思う。

やがて病気が癒えてSは回復し、また通学できるようになったはずだ。それとも療養を機に転校してしまったのだろうか。どうだっただろう。

わからない。「彼女」は、Sが治癒する前に、マリーゴールド国にある大きな学問所で法律と文法を勉強するために旅立ったのである。

＊

何年かしてサルビア国にもどったのは、結婚が決まったからだ。

盛大な挙式だった。絢爛豪華なウェディングドレスを纏（まと）った。大聖堂のステンドグラスに華燭が反（は）ねた。大勢の祝福を受けた。

結婚して十年。

まさか、赤い病に自分が罹ることでSを思い出すとは。

「彼女」は、Sを思い出すととまどう。

自分にとまどうのである。

こうした心の動きが、赤い病に罹るまでの「彼女」には、なかった。

自分にとまどう、そんな奇怪な状態に、「彼女」はなったことがなかった。自分を疑うということがなかった。

幼いころから、「彼女」は希望を叶えてきた。わがままに甘やかされて育ったということではない。たっぷりと潤沢な教育を受けて育ったということだ。ABCのカードが小さなお手々（てて）に渡される。エービーシー。然（しか）るべき教え手が示す。えーびーしー。幼い彼女は示されたとおりにやってのける。達成。満面の笑みで褒める父母。次には次の目標が渡される。ＤＥＦ。次なる段階における然るべき教え手が正解を示す。ディーイーエフ。前より年長けた「彼女」は、前より早くに、示されたとおりにやってのける。でぃーいーえふ。達成。満面の笑みで褒める父母。ＧＨＩ。ジーエイチアイ。じーえいちあい。ＪＫＬ。ジェーケーエル。じぇーけーえる。

この塩梅（あんばい）で彼女はたっぷりと成長してゆき、ものごころついてからは、自分がこうあるべきだ、こうしたいと、目指したことにチャレンジし、それらを達成してきた。

貯金箱にコインが詰まっていくように、成長とともに自信が貯金されていく。貯金箱が重いから、また新たなことを目指せる。チャレンジできる。達成できる。父母が、先生が、友人が、シスターが神父が、笑顔で褒める。自信。目標。達成。褒められる。さらなる自信。目標。達成。褒められる。弥増（いやま）す自信。貯金箱にはコインがぎっちり溜まる。

ぎっちりコインの溜まった「彼女」からすれば、Ｓのような人がわからなかった。

Ｓは「彼女」と同じクリケット会の一員だった。遠方の大国マリーゴールド国や、近隣の小国クレマチス国同様、サルビア国でも、クリケットは盛んだが、「彼女」とＳが通っていた女子学校には、女学生のためのクリケット会はなかった。

女学生クリケット会を創設しよう。「彼女」は目指した。自信の蓄積によって、なんでもよくできた彼女は、努力することもよくできたので、発起し、学校内に会をつくることを達成した。

校内で会員を呼びかけた。最後に呼びかけたのがＳだった。

はじめＳは断った。自分は運動が苦手だからと。ならマネージャーにと勧めた。Ｓはうつむいてしまった。うつむいて、小さな声で何か言った。「彼女」にはよく聞こえず、

「カンタンなことをすればいいだけよ！」

と大きな声を出した。

Sはびくっとしてこわばった。

なぜ、びくっとするのだろうと「彼女」はおどろいた。そこで、

「それくらい、よろしいんじゃなくて？　なぜだめなのかしら。わからなくってよ」

「彼女」としてはフレンドリーに、リラックスさせてあげようと、気を遣って言うと、うつむいていたSの顔が上がった。

その顔は、膠（にかわ）を塗ったように動かない笑い顔だった。目だけが動いた。キョロキョロ動いた。「彼女」の後ろの四人がSのほうに向けた顔のあいだを、Sの目はキョロキョロ泳いだ。四人は扇形に広がっていた。「彼女」の呼びかけで女子クリケット会に入った四人は、「彼女」が、「彼女」の誕生会や竪琴の発表会では、自分の親友だと父母に紹介する四人だ。

親友たちは、入会同意書とペンを持って、立っていた。

5対1は100対1ではない。たかが5対1だ。

だが、その場所で、その年齢で、取り囲まれたSにとっては、1000対1だった。

Sは入会同意書に、サインした。Sの手は、硬く動いた。

よかった。自分の説明をSは理解してくれたのだ。

「彼女」は思った。

自分は他人にいやなことをさせようと思わない。したくないことをしろとも思わない。Sがいやならいやだと言うのだし、したくないならしないと言う。Sはサインした。理解したのだ。よかった。

「彼女」も理解した。

＊

にもかかわらず、Sは、マネージャーとして、だらしがなかった。会員が飲んだレモネードの合計額、紛失ボールの個数、他校のクリケット会に練習試合を申し入れる手紙、等々、「彼女」からすれば「なぜ、こんなカンタンなことができないの⁉」というようなミスばかりした。そのあげくの赤い病による療養と退会。

「彼女」には、理解できなかった。

Sのミスは、クリケット会の雰囲気に萎縮して、思考や行動が凍りついてしまうために生じるものだったが、こうした現象は、「彼女」にはわからないことだった。

＊

今は自分が赤い病の療養をしている。

今でもSのことがよくわからない。

しかし。

赤い病に罹ってから、まったくわからないというふうではなくなった。

何かが、疱疹のように、「彼女」の心の内にも広がるのである。

「もしかしたら……」

「彼女」は、微(かす)かに思う。

もしかしたらSは、自分があの時サインしたように、ペンを持つ手を動かしたのだろうか。あの時、硬くなっていた自分の手。硬く動かし、サインした。今の夫との婚姻の書類に。

自分は慮った。両親親戚、両親親戚の過去現在未来に関わって関わり関わるであろう所に居る幾人もの他人を。もし他人を慮らなければ、事はもっと「カンタン」だったのだろうか。

「知らないわ」

払いのけた。思いを。

「わたしはまちがっていない」

「彼女」は部屋で一人、自分に言った。

「わたしはまちがっていない」

また言った。

＊

そもそも「彼女」の貯金箱に罅が入ったのは、結婚した翌々年だった。

「カンタンなことをすればいいだけよ！」。嫁ぎ先でそう示されたことが達成できなかったのである。ぎっちりと溜まった自信が、どっしりと厚かったゆえに、微かな罅でも、「彼女」を赤い病に罹らせてしまった。それまで「彼女」の自信の拠り所だったすべてが、適応しない場所もあるのである。男の子を産むというカンタンなことは十年たってもできない。

「Sさん……、今はどうしてらっしゃるかしら……」

赤い病に罹ってからというもの、広大なサルビア城の、広大な庭を、深夜に散歩する習慣がついてしまった「彼女」に、

「グレース王妃様、お気をつけて」

衛兵が声をかけた。

ラストで初めて、「彼女」がどこのだれと読み手は知り、グレース王妃は衛兵に、ありがとうと応じるのである。そして、その声について、

「かつてのSのように小さな声であった」

と、物語は終わる――。

＊＊＊

――『王妃グレース』は、こんな話だった。

たしかにおもしろかった。グレース・ケリーの結婚のニュースに沸いている時に、こんな沈んだ物語が少女雑誌に掲載されていることが。

「お昼ごはん、冷めるよー」

背後から妻が呼ぶ声がした。『少女部』をソファの上に閉じて、ぼくはフローリングに改装したDKのテーブルについた。

「あれ、今度はほんとに読んだ」

「何十年もたって、なーに言ってんだか」

「けど、大学生の時に読んでたら、おもしろくなかったかもしれない……ていうか、何のことかわからなかったんじゃないかな」

安江さんは高沢くんとぼくを呼ぶのに、ぼくのほうは何のとまどいもなく、「さん」をつけずに彼女の苗字を呼び捨てていたあのころに、あの話がわかっただろうか。

「帰りの新幹線で、すぐにみんな寝ちゃったでしょ。それでわたし、なにげに読み始めたのよ。絵がきれいだったから」

「あれ、『少女部』を読むような年齢の子には無理がないか」

「わたしも子供向けの話だとばかり思って、気安く読み出したの。そしたらもくもくと読んじゃった。母親のことがあったからね」

妻の実母は、妻の実父に、後妻として嫁いでいた。

妻の実母が……、『王妃グレース』に倣い、Sとするなら……、Sが十八歳だった時代、Sの住まう土地には〈足入れ婚〉という慣習があった。ぼくも、この慣習について、亡母から聞いたことがあった。

〈足入れ婚〉について、妻から聞いたことと、亡母から聞いたことは、ややちがっていたから、おそらく地方ごとに微妙なちがいがあるのだろう。ただ、この慣習のある土地では、戦後の昭和二、三十年代になっても、あたりまえにおこなわれていたことは、妻の話も亡母の話も同じだった。

花の盛りのとしごろのSに、旧家の長男から〈足入れ婚〉の申し出があった。Sはすでに父親を亡くしていたので、親族そろって縁談をありがたく受けた。

だが、翌年になってもSは妊娠しなかった。一年ほどの、いわば〈お試し期間〉内に、その家の跡継ぎが産めなければ、実家に〈返品〉されるのが、Sの故郷の〈足入れ婚〉である。

戸籍上はたしかに未婚である。戸籍が汚れないように、というのが〈足入れ婚〉の名目だったが、

〈足入れ婚〉をしたことは郷の住民たちには知られるのである。生娘ではなくなったとされるのである。と、次の縁談は後妻の口しか来なくなる。Sも二十ほども年長の男の後妻になった。

彼はSの生家からは離れた町の農夫だった。先妻は神経症の蒲柳（ほりゅう）の質で、長女と、遅くにできた妹がいた。一女はすでに他家に嫁いでいたが、十二になる二女はまだ家にいた。家事をこの娘ひとりが賄うのは不憫だからと、彼は再婚を決めたのだった。後妻のSはほどなく三女を授かった。それがぼくの妻だ。

「父は実直でやさしい人だったの。うちの母親とは年が離れてたから、高沢くんに会ったときは、もう還暦超えてたから、穏やかなのはあたりまえみたいに思ったかもしれないけど」

「通夜のとき、お義姉さんから聞いたよ」

義父の通夜で、ぼくは妻の異母姉から聞いた。「父は、わたしが子供のころから、おじいちゃんみたいな人でして」。

そんな人あたりの人が、再婚でできた、年齢差からすれば孫娘のような三女ををかわいがったのは想像に難くない。

Sも、家にいた先妻とのあいだの二女をかわいがった。人を〈返品〉するような仕打ちを、自分はだれかには決してしまいという思いがSに強くできていたのと、家の中での労働を厭わぬ二女のふるまいが、実直な夫の血をひいていることを感じさせ、Sに二女に対する素朴な尊敬の念を抱かせた。

かわいがられるから、二女も継母であるSになつき、生まれてきた三女のことも、お人形遊びをするようにかわいがった。すぐにSは、四女を授かった。

「前の奥さんっていうのはね、長いこと寝たり起きたりだったせいか、ものすごく怒りっぽい人で、お継姉さんはいつも怖かったんだって。だから、やさしいママができたって、うれしくてべたべた甘えたんだって」

足入れ婚をした、先の旧家から「石女のあんたはうちとこでは要らんから」と言われた傷心を、Sは後妻に行った先で、夫と継子に癒され、授かった三女は明るいお転婆娘に、四女はききわけのよい娘に成長した。一家は質素ながら仲良く暮らし、二女と四女は高校を卒業すると就職したが、三女だけは育英会の奨学金で隣県の短大に進学した。県内の短大のあった場所が、家からよほど遠く、隣県のそれのほうがかえって近く、そばには一女の嫁ぎ先があり、そこに下宿させてやると一女の夫が言ってくれたからである。

先の旧家の長男は、Sを〈返品〉したあと、二人の娘と足入れ婚をして、子を授からなかったというから、不妊の原因は男の側にあったのだろう。

「うちの母親が、私の手をひいて、背中には妹をおぶって、お盆にお祖母ちゃんを訪ねていったら、道で会ったのよ」

足入れ婚をした先の舅姑に会った。Sの連れた三女と四女をじろじろ見て、彼らは言ったという。

「女腹なんだね、やっぱり帰ってもらってよかった」。

「まったく失礼な話よね」

妻はもやしと鶏肉の麻辣炒めを、大きくあけた口に入れて、怒るように嚙んだ。

梨紗ちゃんの写真を仲人が返しに持ってきたとき、ぼくもいやな気分だったが、だが、今からすれば、なぜ、返しに来たのだろう。仲人が言ったような理由であれば、たんに梨紗ちゃんが捨てればいいだけではなかったか。

麻辣に痺れた舌で、ぼくは妻に問うてみた。

「バッカねえ」

こともなげに妻は回答した。

「高沢くんに持っててほしかったからじゃないの。あのころのアタシを忘れないで、って思って、適当な理由を作って仲人さんに頼んだのよ」

男女雇用機会均等法もなかった時代に、自分にもって来られた、けっこうな縁談。梨紗ちゃんは、「彼女」グレースのように応じた……のだろうか。

「鈴木ミモザの一発だけヒット曲、おぼえてない？　けれど一番好きだったのは一人だけ〜〜、ただ一人だけ〜〜ぜったい言わないけど〜〜、ぜったい言わないけど〜〜」

もやしを口の端からのぞかせて妻は、やや音程はずれに、メランコリックなハ短調の歌謡曲を歌った。そして繰りかえした。「バッカねえ」と。何十年気づかなかったのよと。

「だけどさ、鈴木ミモザのあの歌、結婚したほうの夫からしたら、それこそ失礼な話じゃないか」

ぼくが言い返すと、

「そうね」

妻は素直に認めた。

3 女優　さぎり

まず以前の話から始めよう。

１９９８、９年から２０００年代初め、平成なら半ばころの話から。

かれこれ二十年ほど前になってしまうのか。

現在二十歳そこらなら、知らないくらい前の話になるが、四十五歳くらいなら、若いころの話で、もっと上なら、そういえばけっこう前のことになるのだな、というころだ。であるから、現在の、紫さぎりにとっては「あら、もうそんなになるかしら」で、α（アルファ）にとっては「知らなーい、オギャーッだったもん」で、αの父母なら「よく遊んでたな」のころのことだ。

そのころはまだユーチューバーなどという新興の肩書はなかった。「ホームページやってる」「ブログやってる」という人が散在するだけだった。

個人が開設するこれらにおいて、他国で盛んだったのは、個人事務所の業績をアピールするホームページや、友人グループで企画する地元イベントや、自身が演奏する路上ライブの告知、趣味の仲間を募るためのブログなどだったが、日本では、自分だけの日常の日記ブログがずっと多かった。

動かない写真と、一行ごとに改行した短い文章の日記には、書き手のきわめて私的な日常だけが記されている。なら自宅でアナログにノートに記せばいいものを、わざわざ不特定多数に公開するのは、そんな日常さえ、日常では言えないのが日本人の日常だからだった。

人前で自分の意見を述べないほうが、わきまえているだとか、温厚だとか、和を重んじるだとか、良いことだとする日常。教室で、同窓会で、ごく手短に自己紹介を、近況を、ひとこと言うだけでも、苦悩せねばならないほど人目を気にする日常。ブログの日記でなら「ちょっぴり自分の気持ちをみんなの前で発表する」という行動が、やっととれたのだ。建前と本音の本音にも至らない、「ちょっぴり気持ちを言う」にとどめたブログ日記。

たとえばどこかの県のどこか市どこか町のなんとかさんが、〈節約しようとバーゲンのたびに服を買ってたら、着ない服で無印のプラケースが満杯に。ダメね、てへへ〉とか、〈赤い羽根の共同募金、ずらりと子供たちが並ぶのでかえってお金を入れにくい。わたしってヘン？〉といった、自分の家の机で、分割払いで買ったノートパソコンを開いて、「みんなの前で」ちょっぴり発表する自分の気持ち。それを見て、「わかるわァ」とウケる人が、ちょっぴりいた。日本に特徴的なブログ文化だった。

それが、しだいに島国も鎖国から開国へ向かう。

すると募金箱を持つ子供たちの並びっぷりに臆するのが某県のなんとかさんではウケなくなる。「TVに出ている有名な人」がバーゲンで無駄な物を買って失敗してこそウケるようになる。それは、有名人なら、スターバックスのレシートをブログにアップしてもウケるということでもある。

目端の利くグラバーたちが、アクセスの多いブログに広告を入れるようになる。坂本龍馬の見越したとおりだ。銭のある輩は、銭のなる木に寄ってくるのだ。有名人たちは、こぞって私生活を見せるようになる。

しばらくのあいだ、みんなは、有名人の私生活を見せてもらっていた。

だが、ほどなく将軍様は大政を奉還なさる。みんなは、見てやる、に変わる。

変わったことに、見せている側が気づいたかどうか。

紫さぎりが、鈴木ミモザのブログを欠かさず見るようになったのは、ふりかえれば危うい一時期であった。

徳川慶喜の恭順を、みんなに見せまじとした薩長岩倉が、先に我らが王政復古の大号令を出してしまおうとしていたような一時期である。見せてもらう、から、見てやるに。時代がめぐろうとする、スレスレの危うい一時期。

紫さぎりも、鈴木ミモザも、「TVに出ている有名人」だ。しかし、世代がちがう。肩書がちがう。キャリアがちがう。

ミモザは、映画には出たことがない。が、映画に出る出ないが重要ではなくなった世代。紫さぎりは、映画に何本も出て、何本も主役をして、国内外の映画賞を複数、受賞している。が、インターネットを用いての活動には疎い世代。

紫さぎりの肩書は女優。鈴木ミモザの肩書はカルチャー・ライダー（culture rider）。ただし、ミモザ以外にこの肩書の有名人はいない。ティーン雑誌『ジューNANA』のモデルでデビューし、1980年代末期から90年代前半にかけての歌謡曲のベストヒット3の一つである『ぜったい言わないけど』をリリースしている。この一曲の翌年にもう一曲リリースした後、昼の帯のバラエティ番組のレギュラーを務めていたが、その途中、急な結婚と妊娠によりレギュラーを辞した。番組中で「寿卒業することになりました」と言ったことで、〈寿卒業〉という言葉がヒットした。

さぎりとミモザの住まいは遠く、所属事務所も異なり、これまでのところ仕事での接点もない。さぎりは、マネージャーから教えられてミモザのブログを見るまで、彼女についての知識が、バイクのCMに出ていたこと以外にほとんどなかった。

当時、マーケティング業界におけるF1層に人気の高かったハリウッド俳優、JJJことジェームズ・J・ジョーンズを起用したCMである。ミモザの大ヒット曲『ぜったい言わないけど』も、そもそもがこのCMとのタイアップ曲だ。

森の中。アコースティックにつぶやくように〈けれど一番好きだったのは一人だけ、ただ一人だけ、ぜったい言わないけど〜〜ぜったい言わないけど〜〜〉と歌うミモザの遠景。そこに小径をバイクに乗ったJJJのアップ。メランコリックだった画面は一転して明るくなり、ふたたび遠景で街中をバイクに乗る二人。次はまたJJJがアップになり、〈ゼッタイ　イウヨ〉と訛った日本語で言ったあと、〈Lightly〉と商品名を西海岸発音でアナウンスすると、彼の後ろに隠れているふうのミモザがバイクの会社名をシャイな笑顔でアナウンスする。

青春映画もどきのポエティックな映像だったので、職業柄さぎりも、このCMのことはよくおぼえていたが、このCMを機に、カルチャー・ライダーなるタレントになってからのミモザについては、彼女と同世代のタレントとルックスの区別がついていなかった。

ブログを毎日見るようになってからも、よく知らないかもしれない。ミモザがアップした写真と、それについた短いコメントを、読むというより、コメント中の何文字かを、ツッ、ツッ、と眺めるだけだからである。

芸能界に入ったのは、さぎりもミモザも十代であった。が、入った時代がちがう。

さぎりは、レコード大賞と『紅白歌合戦』が日本のみんなの一大行事で、NHK大河ドラマを見ることと平凡社の百科事典を応接間にそろえることが、みんなのうちでも僅かに高めの嗜みであった時代に、中部地方の町で育った。

高校を卒業して以来、依頼されたりコンペティションで得た仕事をする生活をしてきたので、自分で自分の写真を撮り、自分でそれにコメントを付けてインターネットで公開する〈ブログ〉というものがあることを、久しく知らなかった。ブログというものが世間に普及してかなりたっても。

ミモザのブログには、子供のために作った料理がよくアップされているが、さぎりに子供はいない。〈子供はいない〉という状態は、さぎりや、さぎりよりさらに上の世代の女優たちにたまにあった、深慮の末、子を持たぬことにした例に倣ったのではなかった。さぎり夫婦は、子を授かることを、強く望んだのだが、できなかったのだった。

〈ブログ〉なるものを知ったのと、鈴木ミモザが開設しているブログを知ったのとは、同時だった。さぎりのマネージャーが、見ては笑っているのを見て知った。

中高時代にもNHK名古屋制作のドラマに出たことはあったが、自宅から父か母が付き添ってくれた。芸能事務所には、高校を卒業してすぐは名古屋市にあるところに所属し、ほどなく東京にあるところに移り、そこに六年、次に移ったところに三年。その後、現在の事務所に移ってからは長い。むやみに人数を増やさず各所属者の資質をじっくり見極めて、それぞれの資質に合った仕事をさせるという方針に共感できたし、その方針の一環で、さぎりだけには専属のマネージャーをつけてくれているからである。風間靖子という。

さぎりには、生まれ月から学年が違うだけの、疑似双子と呼ばれる、十二カ月違いの姉がいる。風間は二十カ月違いで、仕事上の相談にのってもらううち、他人の彼女のほうに、どことなく姉のような親愛の情を抱くようになっていった。風間のほうも、弟妹を世話し慣れた環境に育ち、さぎりとはむろんビジネス上のつきあいではあるのだが、プラスアルファの親しみも感じており、ようは二人はうまがあっている。

「また笑ってる、ヤッちゃん」

「だって、サーさん、おかしいんだもの、この写真」

もうずいぶんのつきあいになる二人は、ヤッちゃん、サーさん、と互いを呼ぶ。

ビル地下の駐車場にとめたワンボックスの中で、風間靖子マネージャーは二つ折り携帯電話の画面を見て、にやにやしている。

「また鈴木ミモザのブログ?」

「そう。レタスたっぷり玄米ピラフだって」

風間は手にした携帯電話をさぎりに渡す。

「ほんとだわ、レタスがいっぱいふりかけてある」

さぎりも笑い、携帯電話をマネージャーにもどす。

「でしょ。花吹雪みたいにレタスがかかってる」

それだけのことである。それがおかしい。

鈴木ミモザのブログが笑えると徐々に話題になってきているのを、風間マネージャーはどこからともなく耳にしてはいたが、あるとき、さぎりの義兄と会う機会があり、彼から画面を見せられた。ひょいと見れば、【鈴木ミモザ：カルチャー・ライダー。吉祥寺生まれ】というプロフィールが目に飛び込んだ。タレント、趣味はバイク、などとせず、カルチャー・ライダーなどという、わかりにくい肩書の後にすぐ、吉祥寺生まれと、わかりやす過ぎる出生地を続けているのが、なぜかおかしい。頻繁に更新されるブログでは、なにもギャグめいたことをとばしているわけではないのだが、なぜかおかしい。以来、ミモザがアップする手作り料理だの、買った物だの、愛犬だのを、有能なマネージャーは、息抜きに毎日チェックするようになった。

風間が見て笑うから、さぎりもチェックするようになった。

昭和のころ、「もみじまんじゅう」と叫ぶ漫才のコンビに人気があった。ただ「もみじまんじゅう」と叫ぶのが、漫才芸として秀れているかといえば、みなわからない。人気が出るとか、話題になるだとかいうのに、理由はないと言ってよい。人気が出て、話題になった人や物や服が、目の前にあれば、人はウケるのである。鈴木ミモザのブログが笑えると話題になっているから、おかしいのだろう。

「じゃ、サーさん。そろそろ行こうか。いい笑顔になれるからね」

「ええ」

これから人前で挨拶をするのである。しばしの雑談で気持ちをリラックスさせ、そこでカチンコがなるよう、有能マネージャーは、何気なくも細かな気遣いを忘れなかったのだった。

車を駐車したのはビルの地下で、会場は階上にある。鉄道会社系列の複合文化施設のビルは、美術館、ホール、映画館、カフェ、どれも小ぶりながら洒落た内装になっており、うち六階の映画館で『ドイツ表現主義の影響を受けた日本の監督たち』フェアが開催され、上映される映画をデジタル修正したＤＶＤとブルーレイも販売される。各映画の上映初日には、購入者に主演女優のサイン色紙付きのものを主催者が手渡す「お渡し会」がおこなわれることになり、それにさぎりは、これから向かうのである。

さぎりが若手だったころは、芸能イベントの警備は、今からすれば考えられないほど緩い部分もあり、逆に厳しい部分もあったが、サイン会的な催しのさいには、ひとりひとりサインをしていた。今は「お渡し会」の参加希望者を募り、あらかじめサインをしておいた商品を主催者が渡す。その渡す前に十五分ほど、来場者に向けてステージでさぎりが挨拶をするのである。そのほうが効率がよいし、警備の面からも安全であるとの判断だ。

テレビ局や撮影所といった場所ではなく、今日のような場所に行くときは、さぎりはいつも、控室にもなり華奢なハイヒールの靴でもすわりやすい室内高のあるワンボックス車にしてもらっている。

**

紫さん。さぎりさん。

この名前で呼ばれないと、返事をしないことがよくある。病院だとか、同窓会だとかで、戸籍姓で呼ばれても、聞き逃してしまう。とりすましているのではない。とりすましている余裕など、さぎりにはデビュー以来、なかった。名古屋市内ではなく、名古屋に行くのに小一時間かかる町で女優を夢見て、幸運に恵まれて役を摑んできたのである。芸能界で生き残るには、とりすましている余裕などない。紫さぎりとして、仕事をする。女優として求められる笑顔と挙措(きょそ)を見せる。必死で、紫さぎりをやってきたので、紫さぎりは骨身に染み、紫さぎりに体をのっとられてしまった。戸籍姓で呼ばれても、ただ単純に気がつかないだけなのである。

「来てくださって、ありがとう」

さぎりは「お渡し会」の来場者の前で、口角を上げる。前左右上下12本はオールセラミック処理をしている。口角はほんの少し上げるのがコツだ。上げてから顎の力をほんの少し抜く。唇から白くそろった歯が、真珠のネックレスのように、相手の視界に飛び込む。笑い方については新人時代に、春琴が佐助にほどこしたような厳しい指導を受けた。鏡の前で徹夜して練習したこともあった。今では脊髄反射のように、自然にフォトジェニックな笑顔を作れる。

　ステージの真下の事務机に積み上げられたＤＶＤとブルーレイの前に来場者が並び、順にサイン色紙の入ったそれを主催者から受け取ってゆく。ステージ奥に移ったさぎりは、そこから微笑む。きゃー、とか、わー、とか、自分のサイン色紙を受け取った人が言ってくれる。きゃー、わー、と、さぎりも心の中で思う。女優と呼ばれるようになって何十年たっても。自分が他人に、ささやかでも大きくても、光栄を与えたことを知るのはうれしいことだ。

＊＊

「私、大きくなったら紫さぎりになる」

　そう宣言したのは小５の時だった。

　女優になる。紫さぎりという名前にする、と。

「むらさき、なんていう苗字、へんじゃない？　佃煮海苔みたい。村木のままでいいじゃない？」。母親の反応。怒ったのではない。次女の宣言を即、我が事として検討したわけだ。父親はストレートに相好を崩した。彼は、次女の宣言を、（たかが）子供の夢、として受け取って、現実ではなかったからだろう。現実的ではないから夢で、夢見る娘は夢見るまま美しく保存されることが、父親自身の夢だったのだろう。

　父親は言った。「いじゃなーい、いじゃなーい」。昭和40年代に大流行していた晴乃チック・タックの漫才の口ぶりを真似して。

パパ。後の紫さぎりは父親を、こう呼んでいた。お母ちゃん。母親のことは、そう呼んでいた。当時、未来の女優が通っていた小学校で、両親のことを、パパママなどと呼ぶ子供は、一人もいなかった。いたら、気取っとりゃあ、スカしとりゃあ、と囃されたり、ときには、パパママと両親を呼ぶような生活水準であることの誇示と受け取られ、聞いた相手をバカにしていると見做されて、結果、いじめられた。

あるいは、パパママと呼ぶのは、みっともないことだった。「パパが明日は遊園地に連れていってくれるの」とか「ママが、この洋服を作ってくれた」などと言う小学生は、一人もいなかった。人前で言わないように控えていた。わきまえていた。いたら、それは、「ミーは、おフランスに長いこと行ってたザマス」と言ってバカにされる、『おそ松くん』のイヤミと同一視……、いや、イヤミという登場人物ではなく、イヤミというキャラクターを象徴している醜い出っ歯と、同一視された。

さぎりが通った小学校だけではないはずだ。大阪万博前の地方の町ではそうだった。だからこそ、当時の少女漫画の主人公たちは、みな、お母さんのことをママと、お父さんのことをパパと呼んでいたのだ。ロマンだったのだ。母親をママと、父親をパパと呼ぶのは、バレエを習うようなロマン。グランドピアノが応接間にある家のようなロマン。平成10年以降の頭蓋骨を持つ者たちにはわからないだろうが。

昭和40年代の少女漫画のヒロインは決まって貧乏で、バレエを習いたくてもレッスン着が買えないところの、美少女だった。二次元の美少女たちはみな、平成10年以降の、同じ境遇にある二次元の主人公より、2倍は頭が大きく、背も低かった。それでも、当時の小学生には、あこがれのスタイルに映った。

平成10年以降に生まれた者たちも、そのうち、わかるようになる。そのうち。年をとったらわかる。これは、アナタもシワが増えてシラガが増えたら、わがみよにふるながめせしまにと嘆くであろうという脅しではない。

「そういうものだ」と自分の前に立ちはだかり、抵抗しようとするどころか、疑問さえ感じなかった壁が、がらがらと崩れて、壁の向こうにあった景色がサーッと見通せるようになる、ということだ。むしろ励ましだ。歳月を体験すれば、ものごとが変化しかつ変化しないことが、まるで12が4でも3でも6でも12でも割れることがわかるように見えるようになるということだ。

ピタゴラスがピタゴラスの定理を発見したときより前から、モヘンジョダロに都市が建設されていたころより前から、時代は、どんどん変遷し、変遷したにもかかわらず不動でもあった。つくづくあたりまえのことだが、さぎりも、シワが増えてシラガが増えて、初めてわかった。

自分をアピールすることは、だれかからムッとされることとなのだと。

ムッとされていることにまるで気がつかないか、でなければ、ムッとされても平気でムッとされつづけていくか。

どちらかだ。芸能界で消えずにいることは。

気がついて傷ついたり、うろたえたり、反論したりするようなら、消える。強い後ろ楯があるような人以外は。歳月がさぎりに、広い景色を見せた。

『源氏物語』のころの、宮中の男女に似ている。たいていの人が冒頭だけは読んだ、〈いとやんごとなききわにはあら〉なかった桐壺の更衣の章。あの更衣は、強い後ろ楯がなかったから妬まれたのではない。後ろ楯が「ないくせに」帝から寵愛されたから妬まれたのだ。妬まれて、物語から消えてしまった。

気がついて、傷ついたりうろたえたりしたら消える。反論しても干される。

芸能界にかぎったことではない。人が大勢集まる場所には権勢のある者が出現し、権勢を失うまいと必死になるのがたいていで、それに擦り寄るのもまたたいていだから、擦り寄る相手を変えたり、擦り寄らせる相手を変えるには、相当な力と勇気が必要なのである。

大勢の人がいる場所では、ほかの人の動向を放(ほう)って一人で動くなどということはきわめて困難だ。一人で動くのは、町内会だろうが芸能界だろうが、ガンコな変わり者で、ある意味、無謀な人である。そんな怖いことを、たいていの人間はしない。芸能界（歌舞音曲、文芸、演劇、等々）ほど、しない。芸能界は、公務員のようにルールがないからだ。好かれる、売れるのルールはなく、好かれたら、売れたら、好かれて売れたことで得た利権を手放すまいとし、手放さずにいられるルールはない。好かれて売れる駒を飼育すべく、好かれて売れた駒がヘトヘトになって走れなくなるまで乗りたおすために、〈カオがきく〉だの〈シマを荒らす荒らさない〉だの〈スジをとおす〉だの、ルール無用の情緒がものを言う。反社会的な団体と興行は、昔の昔、『源氏物語』のころから、結びつかざるをえないといってもよい。

**

さぎりの姉は昭和の一月の初めに、さぎりは十二月の末に、中部地方R市に生まれた。小学生のころに買ってもらっていた『りぼん』に、モナと梨紗という双子の姉妹が出てくる漫画が載っていたものだから、姉妹は夢中になって読んだ。紫さぎり、というのはその漫画に出てくる大女優の名前だった。

「看護婦さん」「学校の先生」「パーマ屋さん」のように「大女優」という職業があって、選べばなれると思っていた妹は、「紫さぎり、かっこいい。私も大女優になる」と言った。「なれたらひゃくまんえんあげる」と姉が笑ったので、夕食後に両親の前で、宣言したのである。ブルーリボン賞新人賞を受賞したとき、ゴールデン・アロー賞映画賞を受賞したとき、高校教師になっていた姉は、30万と70万に分けて、本当に百万円をくれた。

モナと梨紗の物語は、双子ということになっているが、実はいとこ同士で、モナは紫さぎりの娘なのである。漫画の絵ばかりに夢中になって、ふきだしのネームは流し読みしかしなかったR市のさぎりは、このことが読解できず、一字一句読んでいた姉から教えられた。

子供のころの十二カ月差は大人よりずっと大きいが、それを差し引いても、姉は、さぎりより、体育と音楽を除いて、何でもよくできた。お習字教室も、洋服のおたたみも、母の家事の手伝いも。毎日の通学において、忘れ物も、姉はしたことがなかった。さぎりは始終、忘れ物をして、母親や教師に、コツンと頭を小突かれた。

後に数学の教師になるだけあって、算盤塾にずっと通っていた姉は、算数がとくに得意だった。100点しかとらなかったといっても過言ではない。ごくまれに95点をとると、外で遊んでいたさぎりが家にもどってくるのを待っていて、両親とさぎりが見ている前で、びりびりと95点のテスト用紙をやぶった。

さぎりはといえば、算盤塾を二か月でやめてしまい、テストの時間でも、教室の窓のそばを珍しい鳥が飛んで行ったり、木の花が咲きかけていたりするのを発見すると、そちらのほうに気が向き、とくに算数などという注意力を要する科目では70点がとれたら上出来だった。

しかし。「違う学年でよかった」と、いつもこう言ったのは、姉のほうである。

姉がこう言うと、「へんなの。同じ学年のほうがモナと梨紗みたいだったのに」と、妹はそしらぬそぶりで、聞くともなしに返していた。が、本当は理由を感じていた。

さぎりが70点をとってきたり、半紙に書いた習字に、先生がめずらしく朱墨でマルをつけていたりすると、父親はボン・オーニシの苺が一つ載ったケーキを、姉妹に買ってくれた。「でらよかった」と。

さぎりが、将来は大女優になると宣言したころに、大西菓子舗は改装してボン・オーニシという洋菓子を売る店になった。通りに面して丸窓があって、浅蘇芳色の暖簾がかかった大西菓子舗のほうが「いじゃなーい」と思うようなセンスは、もっとずっとあとに日本人に備わるものだ。

幼い宣言がなされたころ、日本の若者や子供は、大西菓子舗が改装してなったボン・オーニシのようなルックスにあこがれていた。

さぎりは、そういう外見をしていた。背の順で並べば一番後ろ。くっきりとした二重の大きな目。長い睫毛。筋の通った、高いが、日本人が魔女を想起しないていどの高さに収まった鼻。上唇より若干ふっくらとした下唇を持つ口。デビューして何年かたってから、犬歯叢生を気に入らぬようになった以外、彼女は自分の容姿に気に入らないところはなかった。ボン・オーニシが改装オープンしたころには、日本人にとって八重歯はかわいい美点とされていた。

姉が算数で100点をいくらとろうが、『機場の歌』と書いたお習字が県展で入選しようが、妹は姉に劣等感を抱くことはなかった。「お姉ちゃんはすごいなあ」と素直に感心しはしても。

ボン・オーニシの、苺の載ったケーキを、父親が姉妹の前で、妹が良い点をとったご褒美だと取り出す。姉は気づいていた。姉が100点をとってもご褒美は出ないことを。姉が気づいていることに、母親は気づき、「お姉ちゃんはいつも100点だから、そのたんびご褒美を出してたら、うちが破産するから」と、ちゃんと言いわけをしていることに妹は気づき、妹が気づいたことに、父親は気づき、

「ほうだがね」とフォークは、姉から先に渡した。

姉は笑って、ケーキの皿をテーブルの上で妹の前に横滑りさせる。「褒美なんだから、ぜんぶ食べなよ」。妹の前にはケーキの皿が二つ並ぶ。すると母親がまたとりなす。「お姉ちゃんがいつも妹を見てくれるから、70点とれたのよ。だから二人への褒美よ」。母親が、ケーキの皿を一つだけ姉のほうへ横滑りさせてもどす。はれて姉妹はケーキを食べる。

儀式のように、いつもそうだった。「さすがはお姉ちゃん」。これまた儀式のように、そう言う父親を、だが、パパと呼ぶのは妹だけで、姉は、母親を呼ぶのと同じように、ごく小さいころはお父ちゃん、小3か小4のころからは、お父さんと呼んだ。

その理由を、妹は感じていた。「違う学年でよかった」と姉が言うのと同じ理由だ。

母親に甘えるのと、父親に甘えるのとでは方法がちがう。ちゃんとちがう方法で攻めないとだめだ。それを不正だと感じてしまうような者は、芸能界では残れない。

一世を風靡したスターの子や孫、歌舞伎界代々の名門の家の出、欧米で映画賞をとった監督の子や孫。そんな「後ろ楯」がある者だけが、「自分の実力だけでやっていきたい」と思えばよい。後ろ楯がある者は、後ろ楯が自分からとれないことを決してわからない。とれていると思っているがゆえに後ろ楯が棲んだ業界とは異なる世界には行かない。後ろ楯と微塵も繋がりのない農業や漁業や林業等

の世界で、自分の実力だけで従事するようなことはしない。
キャーキャーという歓声。パシャパシャというシャッターの音。何があるのか誰がいるのか見えないくらいのまぶしいライト。これらをぜんぶ自分一人が浴びる時の快感もさることながら、朝から晩まで腰を曲げて、額と鼻に脂汗を滲ませて働いて時給換算すれば８７０円の仕事より何倍もの大金を得られるジュースをひとたび飲んだなら、芸能人であることを離したくない。離したくないと踠(もが)くことを、みっともないと思う者は、味わったことがない者。芸能人の娘、息子はたいてい芸能人になるではないか。

Ｒ市出身の紫さぎりは、それでもきわめて幸運だった。うへえ、と他人から嗤われるほどの踠きはせずに、うへえ、と他人から眉を顰(ひそ)められるほどの蘞(えぐ)い手段もとらずに、夢を叶えた。

「紫さぎりになる」などと小学生が茶の間で家族の前で宣言したところで、中学生になれば、いや、翌月にはもう、宣言されたほうも宣言したほうも忘れてしまう。よしんば覚えていてもどう実現させればいいのか、勤め人の家庭ではわかるまい。わからないことはたいてい忘れられる。

しかし、さぎりの父親は言ったのだ。「よし。パパが叶えてあげようね」。言われたさぎりはパパを心から信じた。パパが大好きだった。

幸運というのであれば、これこそが、さぎりの最大の幸運である。

そうではない娘も、世の中にはいるのである。それ(パパ)に嫌悪や反撥を抱いて育った娘ではない。軽んじて育った娘でもない。そうした娘の強い、あるいはいくぶんのアンチテーゼはそのまま、強い発条(バネ)、あるいはいくぶんの発条となり、さぎりのような娘の幸運に準ずる。

そうではない娘とは、それ(パパ)に怯えて調教された娘である。宗教二世などに見受けられたりする。そういう娘は、公務員になろうが農業に従事しようが商社勤務をしようがテロリストになろうが医者になろうが、一生、自分に自信が持てない。

「いつ?」。問い続けた。「そのうち」。そう答え続けた父は、翌年、勤めていた燃料を扱う会社からの帰り、カーラジオで地元放送局の番組が公開放送をすることを聞いた。はがきを出して、整理券をもらい、さぎりを連れていった。

会場で、さぎりのルックスは目立った。自分のルックスが目立つように、服や髪や靴を考え、何より、パーソナリティが自分に気づくように彼を見つめ続けたのである。

番組中、参加者に将来の夢について話しかけるコーナーがあった。三人に話しかけ、アシスタントが走ってマイクを向ける。三人目がさぎりだった。彼女が答えると、パーソナリティは言った。「NHK児童劇団に入るなんてどう?」。

したがって、Wikipediaに出ている、《ラジオの公開放送に父といっしょに行ったのをきっかけにNHK児童劇団の活動をしたのち……》というのは、まちがってはいない。が、さぎりはNHK児童劇団ではなく、東京音楽学院名古屋校、通称、名古屋スクールメイツに入ったのである。中学生になった彼女が一人で家から電車で行くのに、こちらのほうが行きやすかったのと、そのころ大人気のフォーリーブスの青山孝がスクールメイツ出身だと聞いていたからだ。フォーリーブスのファンクラブに入会するほどの特別なファンだったわけではなかったが、名を成すような生徒を輩出するということは、歌とダンスのレッスンが本格的なのだろうと思ったからである。

『りぼん』で読んだ紫さぎりの出てくる漫画に、「あの舞台度胸のよさ」とモナが感心されるシーンがあり、印象的だったのだ。ダンスと歌は、きっとこの「舞台度胸」とやらを体得できるはずだと、中学生さぎりは、学校での授業態度とはうってかわって、名古屋スクールメイツでのレッスンをわき目もふらず受け、発声練習も怠らなかった。

ＮＨＫ名古屋児童劇団にいたのは、さぎり姉が通っていた算盤塾の先生の甥である。

姉を通して知り合いになった。太めで背が低いので、豆タンクという綽名だった。豆タンクはさぎりと知り合いになってすぐ、手紙や電話をよこした。彼が『中学生日記』に出ることになり、撮影するところが見たく、彼に頼んで、父親といっしょにさぎりはついて行かせてもらった。そこでＮＨＫの別のドラマのオーディションがあることを知り、豆タンクが「村木さんならかわいいからきっと受かるよ」と、父親も「そうだよ、試してみなよ」と、二人で調子よく言うので、受けてみたら合格した。きっかけ、といえば、これが正確な経緯で、これまで何回も雑誌やＴＶで話してきたし、事務所の公式サイトにも正確に出ている。Wikipediaというものが普及したころには、紫さぎり、といえばすでに何本もの映画に主演している、名前をよく知られた女優だったので、このような部分はあやふやに端折られてしまっているようだ。「ぼくが入ってたところに、きみも入ってたことになってる」。後年、豆タンクから教えられたが、わざわざ訂正するほどのことでもないので、そのままになっている。

＊＊

サイン会が終わった。

風間マネージャーから指示された付き人は、常温の水の入ったボトルをさぎりに渡しつつ、車のシートに置いた低反撥クッションを、充電式のマッサージクッションに取り替えた。

10㎝のピンヒールのパンプスをはいた足が、並んでいる人たちに長くきれいに見えるように、ウエストをねじって立ち、片方の足を前に出し、もう片方の支える足と背骨は曲げず、ふんぞりかえらずに、背筋を引き締めて横隔膜を広げる要領で、バストを大きく見せる姿勢を、らくそうにナチュラルにとるのは、らくではなく不自然なのだが、この姿勢で腹式呼吸をして、静かでやわらかいのによく通る声を出すのに、さぎりは何十年も訓練をしたのである。スクールメイツ時代に猛練習したダンスの賜物(たまもの)だ。映画の中でもアライメントが崩れない動作の美しさが「美人」という印象を観客に与えてきた。

短時間とはいえ、入場券を獲得した150人の前で、この姿勢で挨拶をしたあと、最近は腰がこわばるようになったことを、マネージャーはよくわかっている。

「若いころは、エレベーターの中でちょっと伸びをすれば、リセットできたものだけどなあ」

「みんなそうよ。みんな若いときがあって若くなくなって。だれでも。みんな」

さぎりのほうは見ずに、ノートパソコンで、次のスケジュールを確認している。

風間は四人きょうだいの一番上だ。「下の三人の世話を、小学生のころからさせられてきたから、それに比べたら、大人の世話はらくちん」。マネージャーとしてさぎりと初対面時に言った。

彼女は、学年としてはさぎりの姉と同じだが、四月生まれなので、さぎりには、実姉より、姉という感じがして、かつ、実姉といっしょにいるよりリラックスできた。

姉と妹が一人の男をめぐって、骨肉の争いを繰り広げるドラマの、妹役を、さぎりはしたことがある。TVドラマ史に残る高視聴率で、映画版も製作され、それで報知映画賞主演女優賞を受賞している。

「あれはお芝居だから。うちは、ごくふつうの会社員の家だったし、姉ともふつうに仲よかったのよ。ただ、向こうは勉強もよくできて、いつもきちんとしてるんで、だらしないことしてると、いやがるかなあとかね、よくわからないけど、こっちとしてはなんだか気を遣うことがあって」

マネージャーに小さな嘘をついていることを、さぎりは気づいている。いや方便というべきか。

「よくわからな」くはないのである。ルックスの点で、いや、ルックスの点でのみ、妹に負けていることを、姉は自分でわかっているのに、それをパパの前ではもちろん、母の前でも、頑なに出さないので、気を遣うのだ。だが、それは、勝者の、敗者に対する気遣いであると、そのことにも年長けると気づいてしまい、とるべき態度にあぐねて、疲れるところがあるのである。

マネージャー風間は、紫さぎりという駒をいかに運営するかで、事務所からサラリーを得ているわけだから、ともに目的が一致した他人ならではのべとつきのなさがきらくで、それでいて互いの性格の相性はよいから、「姉妹のように仲がよい」を長いあいだキープできているのだった。


一人の男をめぐって姉妹たちが争うドラマ……。

姉とさぎりは、本人たちのまったく知らぬところで、だが一人の男を、姉妹をめぐるささやかなハプニングに陥れていた。

姉妹がまだ二十代のころ、R市から少し離れたP市の郵便局に勤務する男性との縁談が姉にあった。堅実な勤め先で、姉にぴったりではないかと、母親が仲良くしている隣家の主婦が持ってきたのだったが、実は郵便局員は、さぎりを姉だと思っていた。

名古屋での仕事の後に半日ほど時間がとれたさぎりが、家にもどり、母親と庭先にいるのを、所用あってR市の、さぎりの実家の隣家を訪れた郵便局員は見かけた。ふだん着の美人を、まさか女優だとは思わず、郵便局員は、隣家の息女は独身なのかとの旨、さりげなく問うた。問われた主婦は、まさかさぎりが帰宅しているとは知らず、この青年は、姉娘を見て気に入ったのだと思い込み、年齢も職業もぴったりだと縁談を持ちかけたのだった。

堅苦しい見合いの形はとらずに会った男女のうち、女は、相手をまじめそうな人だと好感を抱いた。男のほうは、女の顔を見て、自分が見たのはこの顔ではなかったことに気づき、ささやかにうろたえたが、すぐに哲学的な諦観に至った。「そうだよな、そりゃ、そうだ。おれなんだからな」。それから哲学的な微笑を浮かべた。

微笑を前にして、女の好意は増した。増したから女の顔に笑みが浮かんだ。自分に好意を抱いてくれたとわかる笑顔を見て、郵便局員は嬉しくなった。後日、彼は隣家の主婦に伝えた。「この縁談、進めていただけますか」と。

現在はさぎりの義兄となった局員は、このことを誰にも明かしてはいない。彼は、今でも義妹にはきらくに話しかけられない。それは、さぎりが女優だからではない。自分一人が胸の内にしまい込んだ、自分への哲学的な諦観のためである。

「鈴木ミモザのブログ、笑えますよね」。だから彼は、さぎりにではなく、マネージャーに言ったのだった。さぎりの姉である自分の妻とともに、P市からR市に、泊まりがけで訪れていたおり、名古屋で仕事のあったさぎりが、自宅に立ち寄った時に。ああ、おれがこの人を隣の家の娘さんだと思ったのは、こんなふうにこの人が実家に立ち寄ったときだったのだなと哲学的な諦観に包まれて。

彼が勤める郵便局の電話の保留音がFF（フフ）の『エース』なので、FF（フフ）のボーカルと結婚した鈴木ミモザを思い出したにすぎない。不要の呉服について相談があるとかで義母は妻を二階に連れて行き、義父は庭。茶の間にいる、さぎりとマネージャーと自分の三人にできた、ごくごく短い沈黙に耐えられず、ミモザのブログを持ち出しただけだった。

郵便局の昼休みに、ミモザのブログがオカシイと同僚女性局員たちが、食後の廉価な菓子を食べながらしゃべっているのが耳に入り、見てみた。手作りした夕食やおやつの写真が出ているだけで、何がそんなにオカシイのか彼にはわからなかった。が、「女の人にはおもしろいのだろう。それがわからないような感性のやつだったから、高校でも大学でもぼくはもてなかったのだろう」と哲学的な反省をしたので、おもしろいよねと言えば、もしかしたら義妹にウケてもらえるかもと、自分でも気づかぬ、はかない期待がおこり、でも、直には言えず、マネージャーのほうに顔を向けて言ったのだった。

居間から見える庭で、パパが隣家の孫らしき男児の頭を垣根越しに撫でていたので、さぎりはさぎりで自分が子を授からなかったことを、哲学的な諦観でふりかえっており、義兄の声は耳に入っていなかったものの、ミモザのブログを、まずマネージャーが、次にさぎりが毎日見るようになったのは、もとはといえば、こんな一人の男のささやかなハプニングがきっかけだったわけである。

＊＊

さてここで、鈴木ミモザがレギュラー番組を〈寿卒業〉することになったハプニングについてもふれておこう。

ニーカイこと新里開の子を宿したのである。

ニーカイについては、すでに日本人ならだれもがよく知るとおりである。

沖縄出身。五人のグループバンドであるFF（フフ）のボーカル。星エージェンシーからデビューした。

星エージェンシーは、今飛ぶ鳥を落とす勢いの芸能事務所になったが、FF（フフ）がデビューしたころは、IT企業が立ち上げた新興の芸能事務所だった。

大手のジャニーズ事務所が次々と放つタレントたちが、人気をほぼ独占していたころである。SMAPという強力なグループの圧倒的人気を、ほかの大手事務所が指をくわえて見ているしかないときに、FF（フフ）はニッチに人気を伸ばしていった。SMAPのメンバーがそれぞれにチャーミングなボーイフレンドたちというイメージであったのとは全く違い、FF（フフ）は「すてきな家族」のイメージで売った。

FF（フフ）のメンバーは、ニーカイの父親がドラム、兄がベースギター、本人がボーカル、妹がリードギター、父親の若い再婚相手である義母がキーボード。FF（フフ）とは、Family Five の意である。

小さな事務所だった星エージェンシー内には、昭和の家族バンドであるフィンガー5や、パートリッジ・ファミリーに親しんだ年代の者がいたにちがいない。が、インタビューでニーカイの妹が語っている。「でもバンド名をファミリー5だとかニューファミリーとかにしなかったのはよかったなと」。

たしかにFF（フフ）というバンド名は人がおぼえやすかったし、おりしも時代が注目していたファジー制御機能搭載の洗濯機の新発売CMに曲が使われ、バンドメンバー全員も、平成の今風な家族のイメージとして出演した。

当時二十歳かそこらの開のルックスが大勢の女性の注目を集め、あれよあれよと人気が上がっていったのは、だれもが知るところだ。

美丈夫、二枚目、ハンサム、イケメン、呼び方は時代で変われど、こうしたルックスの男の代名詞といえば、かれこれ四半世紀のあいだ、キムタクとニーカイの双璧だった。

その代名詞は、偶然にもどちらも電撃結婚であったが、ニーカイとミモザのほうは、池田市の小学校に包丁を持った男が乱入して児童らを刺したニュースが入ってきたため、大きくは報道されなかった。

かつては人気芸能人の恋愛や結婚は大っぴらにはできなかった。人気を支える少女たちから嫌われるからである。私生活も彼女たちの夢を壊してはならなかった。雑誌社が用意した撮影用スタジオの架空の自室で、撮影用の架空のくつろぎウェアを着て、撮影用のぬいぐるみを持ち、少女たちの夢に応える架空の私生活を公開したものだ。

時代とともに、明かせる現実の範囲が広がった。同時に縮まりもした。大阪万博以前は自宅住所が『りぼん』や『平凡』に出ていた。万博以降は、自宅住所は決して出なくなった。

さらに時代が進むと個人情報はさらに伏せられるようになった。だが、恋愛しても純愛なら許容されるようになった。どこぞの飲食店からデレデレと二人で出てきたところを写真に撮られるのはイメージをダウンさせる危険があるが、女性誌の特別インタビューに応じて、グラビアページで、恋愛についてのオピニオンを語るのならよくなった。

よくなった時代、それは、かつて昭和のころには男性誌の「エロ」ドメインだったセックスを、女性誌が「愛の結実としての」セックスとしてとりあげるようになった時代である。

こうした時代の少女たちには、ファンの男性アイドルに対して、「純愛の結実としての結婚なら認めるわ」というプライドが育っていた。「武士は喰わねど高楊枝」だ。

プライドというものはおしなべて「武士は喰わねど高楊枝」である。いかに内心メラメラであろうとも「わたくし、焼き餅を焼くなんていう低次元のことはしませんですことよ」であるからして、芸能人といえども個人としての部分があるのを認めるのがスマート、だと思うのがスマートとするのがプライドというものである。無理しすぎて生霊になるのも厭わなければ。

時流に、鈴木ミモザは乗った。

子を宿したのと同時の結婚である。妊婦に冷たい仕打ちなど、ヒューマニズムに悖る行為ができようものか。そんな低次元のことが、武士にできようものか。

時流に、ミモザは乗った。娘を出産し子育てに入ると、やがて時代は「イクメン」が優秀男性の最先端アイテムになっていった。

子育てを手伝ってくれる夫は望ましい。子育てを手伝ってくれるような「浮気をしない」夫は望ましい。

ミモザとニーカイの長女は一と名づけられた。FFの大ヒット曲『エース』の一。

アラウンド二十歳でグッドルッキングの代名詞として人気をきわめたニーカイは、アラウンド三十歳にはグッドルッキングのイクメン、高収入の理想の夫として、人気を持続させた。

まだSNSというメフィストフェレスが地球に現われなかった時代のことである。

悪魔メフィストが、世の人々の召使のような顔をして現われたのは、ニーカイがアラウンド四十歳になってからだった。

航海者はみな潮流を見るが、そう上手くは乗れない。乗ったと思ったとたん甲板から海に落ちることもある。

新里開は、海に落ちたわけではない。結婚して一女にも恵まれていた妹が、既婚者であるサーファーと恋愛関係になったのと、兄が芸能界引退したのとで、ＦＦ（フフ）は解散したものの、両親と兄は沖縄で豚串の店を、チェーン店などにせず堅実経営し、妹とサーファーはそれぞれがきちんと離婚して、それを機に妹も芸能界引退し、夫婦でハワイアン・ロミロミの店を熱海に出して、ことさらなマイナスイメージもつかなかった。

ただ、四十歳と二十歳ではルックスは明らかに変化し、それは悪いことではないにもかかわらず、二十歳のころのままのヘアスタイルとファッションを続けるので、そこが浮輪を腰に必死に泳いでいるような雰囲気が出るのは、どうしてもぬぐえなかった。

このころである。鈴木ミモザのブログが「オカシイ」と静かに話題になりはじめたのは。

ブログは、『ミモザのシュＦ日記』というタイトルだった。高視聴率の昼の帯番組を〈寿卒業〉してから、目立つ芸能活動がない彼女は主婦の部分を強調しようとしたようなのだが、「シュエフ？このブログ、なんて読むの？」と、読めないことをおかしがる人がわりにいた。また、〈シュＦ〉の〈Ｆ〉は当然〈ＦＦ（フフ）〉を想起させ、「新里開の妻」の部分が強調されてしまっているので、世の中全般の主婦層の共感を得ようとする目的がもしあるとするのなら、苦しいところだ。そのアンビバレントに「やだ〜、オカシイ〜」という反応を起こす人も少なくなかった。

このブログで、連日の手作り料理の写真をアップするにあたり、ミモザが多用することばがあった。

オーガニック。

長女が幼稚園に通うような年齢になると、このことばの使用度はさらに増した。

《仕事で力を出し切って帰ってくる夫や、育っていく子供にはオーガニックなものを食べさせたい》

《ちょっと疲れていても、ここはがんばってオーガニックなメニューにしました》

「オカシイ」からという野次馬の読み方ではなく、ファッションリーダーとしてのミモザのファンだった読者も、ひにゅひにゅするようになった。ひにゅひにゅするのは、ほっぺたや下腹である。

《ライダーと主婦をがんばって両立させていまーす》

出産後も、昼帯番組のレギュラーだったころと変わりなくスレンダーな彼女は、革のジャンプスーツでバイクに跨る写真をブログにアップしていて、背負ったメッシュのサックにはむきだしのバゲットとセロリとニンジンが入っていたりする。

オーガニックな野菜とオーガニックな小麦粉で焼いたパンを、徒歩や自転車ではなく、CO_2をブロロロロロと排出して買いに行く。

バイクで物を配達する職業でも、バイクのレースに出場する職業でもなく、趣味でバイクに乗って、それを「ライダーと主婦をがんばって両立させて」いると言われると、ブログ画面の前にいる人は「え、でも……、だって、それって……」と、ほっぺたや下腹が、ひにゅひにゅ動くのだった。

そのため、少女たちの、ニーカイに選ばれた女への妬み誹り（ねたみそしり）の感情は、すこーんとどこかへ飛んでいってしまった。読者はミモザのブログを読んでひにゅひにゅして、年月が流れた。

＊＊＊＊

かくて２０１×年になった。

アラウンド２０２０年。

小学生や中高生でないなら、おおよそ今の話といってよかろう。

ニーカイとミモザが授かった子が芸能界にデビューした。

芸名はα(アルファ)。本名の一(いち)からのイメージ。

αは横浜の自宅に近い私立女子学園中等部の三年であった。

長子の多くは、異性親に似る。αもその例のとおり、父親であるニーカイに似た。

父のニーカイは「甘いマスク」と、愛娘は「ラブリーフェイス」と、性別にフィットした形容がなされた。大きな瞳とサクランボのような唇を持つかわいい顔が、『ジューNANA』の表紙を飾った。

かつて母、鈴木ミモザも表紙をたびたび飾ったティーン向けファッション雑誌である。

有名政治家や有名デザイナーの子などが芸能界にデビューするケースも多いのだから、有名芸能人の子が芸能界にデビューするのはあたりまえのようなものだ。ただ、ニーカイ夫妻と同世代たちには、ちょっとしたショックだった。「えっ、ニーカイの子がそんなに大きくなったの⁉」「げっ、ミモザの子がもうそんな年齢⁉」。

自分がもう若い娘さんではないのですよと通達を受けたような、うちひしがれるほどではないにせよ、ちょっとしたショックだった。

ミモザが『シュF日記』にアップする料理が「やだ、笑える～」だったのは、食材費、味、栄養素バランス、作る手間、のみならず、後始末のことまで考えている主婦のそれではなく、どうしても、シンク排水口の金属カゴと蓋につまった生ゴミのぬめり汚れの掃除、風呂場の壁と床の掃除、トイレの便座便器と洗濯機洗浄槽の縁の裏側の黴取り、エアコンフィルターとベッド下の埃の除去、等々、面倒で汚い作業は、すべて契約した掃除専門業者にまかせておけばよい高収入の人の手作り料理だったせいもある。だからこそ、ブログを見ていたミモザ同世代たちには、森の中で〈ぜったい言わないけど～〉とアコースティックにうたう、ＪＪＪのバイクの後ろに跨がる、若い娘であるミモザが保存されていたのである。

　αは顔だけでなく、体格も父親似だった。ティーン雑誌のモデルをするには「血筋」の賜物といえよう。

　まずＦＦ（フフ）のドラム、ニーカイの父親は長身で大柄だった。大柄な男というのはえてして、目立つほど小柄な女を嗜好（この）む。ニーカイの実母がそうだった。

　ニーカイの実母は、沖縄の在日米軍家族向けのブティックに行くと店員から言われることを、いつも人に言った。「フォーキッズ（for kids）のコーナーをさがせって言われちゃうのよ」。本人は笑い話のつもりでも大柄女には自慢以外の何物でもない。〈小リスちゃん〉という綽名の彼女は、ニーカイの実父より、さらに大柄で長身の男から嗜好（この）まれた。そのためニーカイの実父母は離婚した、といえばかっこうがつくが、ようするに〈小リスちゃん〉は、より大柄な♂の出現により、ニーカイの実父をフッたわけで、ちきしょうちきしょうと発奮したドラマーは、それならと、〈小リスちゃん〉より一回り若い女と再婚した。若いほうを選ぶ♂の本能を見せつけるリベンジだ。再婚相手は初婚相手ほどは小柄ではなかったが、フェレットちゃんと綽名をつけてもいいくらいには小柄で、ＦＦ（フフ）のキーボードを担当した。

　長子というのは、だいたい異性親に似るのである。♀小リスちゃん↓♂ニーカイ↓♀α。小柄の血筋と言えよう。

『ジューＮＡＮＡ』の表紙を飾った写真も、同誌次号で話題のスィーツに舌鼓を打つバストアップ写真も、αは、森の中の小リスのようにかわいらしかった。ただ、平成半ばの生まれの世代であるから、小リスのような雰囲気ではあっても、ニーカイの実母ほどは小柄ではない。
《きっと、この先は電話会社とかコンビニとかのCMでお茶目なことをして、シンガーソングライターとかになってCD出して、テレビによく出るようになるんだろうね》
《お母さんが、カルチャー・ライダーってくらいだから、バイク好きなタレントが毎回出てくる番組みたいなのの、ホストの横にいる役みたいなのをするようになるんじゃない？》
そんなような発言がインターネットに出まわり始めた。
《顔がかわいいもんね》
《さすがはニーカイの子だけある》
インターネットの発言は、どこらあたりに住んでいる、何歳くらいの、どういうことで生活をしている人が発言しているのか、なにもわからないマスカレードだ。性別も声も筆跡もわからない。電脳文字は、小学5年生も大学教授も、まったく同じである。
それでもともかく、マスクをかぶった発言者たちは、デビュー時のαに対して好意的であった。が、予想は外した。
マスカレードでの予想とはちがう方向に、αの芸能活動は進んだ。ダッシュした。
歌舞伎で言うなら二枚目。『ジューNANA』で言うなら「かわいい」ではなく「美人」。ひたすら二の線、クール・ビューティに舵を切ったのである。
『ジューNANA』の表紙を飾った翌年は、ドイツに本誌のある『Elke Japan（エルケヤーパン）』の表紙を、日本人としては初めて飾った。

その年の秋には国立横浜教育大学付属・港の見える丘高校の、帰国子女クラスに「提携試学制度」で転入した。これは提携を結んだ学校の、設備や奨学金や課外活動指導者や校内パトロールや清掃等々にかかる支出を、ピュアグリーン基金（世間一般で寄付金と呼ばれているものに酷似）で大幅補填する制度である。作文を提出して面接を受ける。

坂本龍馬は「金がないことにゃ、どうにもだれも動いてくれんぜよ」と見抜いたことで他者を動かし得たのだが、後年には、おおらかな性格で尊敬されているという印象を抱いている人がけっこう多いように、この制度を利用したことより、αが「横浜教育大学付属・港の見える丘高校に（学科試験で）合格」したのだと注目した人がとても多かった。

この学校の通称は〈横見え〉である。

《すごい！〈横見え〉に合格のα！》

Ｙａｈｏｏ！ニュースに出た。

みなが注目した。ニュース発信の会社と見出し内に、合わせて「！」が3個もあるのだ。

新里開と鈴木ミモザとαの豪邸は、横浜市にある。ニーカイは沖縄市出身で、ミモザは武蔵野市出身である。その長女αは横浜市の病院で生まれた。一家はずっと日本に住んでいた。それがどこから帰国したのか。αが幼稚園から高校一年まで通っていた私立女子学園に国際コースというものがあり、授業が英語でおこなわれる。このコースに小中高と通ったαは「帰国子女」に準ずることになり、「提携試学制度」で転校できたのだった……、できたらしいのだった。

学校という施設に通うには、試験を受けて問題を解くだけではなく、作文であったり、面接であったり、運動競技での成果であったり、鳥や動物の形態模写であったり、さまざまなルートのあることは、存外、知られていないが、さまざまなルートがある以上、それらのうちのどれかを選択しても、そして、その選択が、試験を受けて問題を解いて入った人々にはストレンジに見えても、そんなものは、知らないのが悪いだけなのである。

「現役の〈横見え〉の女子高校生モデル」で、「『Elke Japan』の表紙を日本人としては初めて飾っ」たα。

獲得した要素はイメージをアップさせたとニーカイとミモザは感じた。両親の感受性をするする肯定して育った娘αも感じた。

有名進学高校の生徒、ドイツの有名な雑誌という要素に、この一家のようにときめいたとしたら、それは〈あの、の心〉の作用である。

「あの靴」「あの時計」「あの指輪」「あの車」等々、他人が〈あの〉と思う物、もとい、他人が〈あの〉と思うにちがいないと思う物を持っていることをうれしいと思う心。それが〈あの、の心〉だ。すこしもうれしくない心もある。うれしくない理由としては、デザインが好みではないとか、性能に金額が見合っていないとか、場所をとるとか。

〈あの、の心〉の持ち主には、〈あの、の心〉を持っていない人が、変わった人に見える。本心では〈あの〉なものが欲しいのに、無理をしていると見える。

趣味嗜好、考え方は、実に人それぞれである。みなが同じである必要などない。

ただ、〈あの、の心〉の持ち主は、この心を持たない人より、明るく生きることが多い。明るいと、学校でも町内会でもカルチャーセンターでも人から好かれる。作詞しても絵を描いても服をデザインしても売れる。

＊＊

〈横見え〉にαが合格したことを報じたＹａｈｏｏ！ニュースは、紫さぎり主演の映画についても報じていた。

明治・大正の文豪の作品の映画化では、たおやかな女性を、ＴＶドラマでは、若手のころはコミカルな女性、近年ではおっとりとした母親を演じることが多かったさぎりだが、報じられた映画では勝気な女性弁護士役で、内容も、政治家の収賄事件を扱っており、一カ所だけある濡れ場も、ロマンチックな景色やインテリアは皆無で、ささくれた畳の上に直に横臥するものだった。

撮影中、さぎりは久しぶりに控室で何度か泣いた。緊張と集中で神経が昂（たかぶ）り、休憩時間に、神経をクールダウンさせるために泣いたのだった。

この映画の出演については、夫の強い勧めにしたがった。

夫についてふれておこう。さぎりは三十歳で結婚した。

まだＹａｈｏｏ！ニュースがなかった時代には、『週刊女性』『女性セブン』などの芸能記事が、商店街の角で出会った近所の顔見知り同士の、会社の給湯室での同僚同士の、寒い朝に早く登校した教室の生徒同士の、目玉の話題となったものだった。そのころの芸能記事に《紫さぎり、芥川賞作家と結婚!!》と、華々しく出た。

孤独癖を心配した祖母の勧めでＮＨＫ名古屋児童劇団に入っていた夫は、ある回の『中学生日記』で主要人物を保健室に迎えに行く役を一度したあとすぐに退団して学業に専念。公立の進学校から、名古屋大学文学部に進み、大学院に残って、かたわら小説を書きたいと思っていたが、しばしば名古屋児童劇団に付き添ってくれた祖母が心筋梗塞で歩行困難となり、介助が必要になったことと、父親が投資に失敗して、ただならぬ額の負債を抱えてしまったことが重なり、断念した。

大手都市銀行に就職した数年後、祖母と父親が相次いで他界し、保険金等で抱えていた大きな問題はとりあえずの解決を見たので、自由になる時間のあることを優先して公立高校に社会科目非常勤講師として赴任するや、ニーカイの実父が沸かせたのと同質の、ちきしょうちきしょうという発奮で、文芸誌に投稿した。ニーカイの実父がFF（フフ）というバンドを大成功させてちきしょうを晴らしたように、社会科講師も芥川賞受賞で晴らした。受賞ニュースの翌日、朝の職員室で、彼に祝いの花束を渡したのは、同校で数学教諭をしていたさぎりの姉であった。

受賞により、生徒たちから、龍之介という綽名をつけられるかと思いきや、彼についた綽名は児童劇団時代と同じく豆タンクだった。豆タンクとさぎりは、姉を介して再会し、結婚した。

もし性別が逆なら……、すなわち、豆タンクが女で紫さぎりが男であれば、この結婚も恋愛もなかった。

新里開的なルックスの男優は言うに及ばず、その他大勢的なルックスの俳優でも、文学賞の受賞などに、男は女としての価値は見ない。結婚や恋愛の対象にはならない。

何十歳も年上の監督やプロデューサーと結婚する女優の例は枚挙にいとまがないが、レニ・リーフエンシュタール監督と事実婚（後に入籍）した四十歳近く年下の青年のような例は皆無といってよい。後者例が前者例とほぼ同じになったとき、ジェンダーフリーはみせかけではなくなるであろうが、その日は来るだろうか。

ともかくも、有り体に言えば、かなり多くの日本男性の女に対する「あの、の心」は、女優、スチュワーデス（CAではなく）、モデル、パリジェンヌというイコンに燃えるのである。

もしここに男の某さんがいて、彼が結婚した女の某さんがいて、その女の某さんは（親が海外赴任になったおりに）パリで生まれ、（幼児期の紙おむつの）モデルと、（思春期のダイエットフードのビフォアの）モデルをして、（遊覧ヘリコプターの）飛行同乗員を経たのち、（性格）女優になったのだと聞いたら、聞いただけで、その女の某さんの、顔も体つきも人あたりも、実際には何一つ見ないまま接しないまま、男性たちはみごとに、ちきしょうちきしょうと羨望できるのである。ましてや、ある男の某さんがいて、彼が結婚した女の某さんが、20歳だと聞けばそれだけで、20歳の某さんについて、きっとパリジェンヌで、ティーンのころにモデルをしていたスチュワーデスにちがいないと想像してしまう。男性の「あの、の心」はみごとにポジティブシンキングだ。

では、結婚にさいして、女性であるさぎりはどうであったろう。「あの、の心」がなかったか。

結婚は社会的契約である。レディの「あの、の心」は、社会的契約により社会的ステータスが上昇するかどうかを重視する。レディは自力でその上昇を社会的に許可されていなかった歳月が長かったので、許可されるようになってからも惰力でジェントルマンの他力で上昇させてもらうことが、お品のよいたしなみとなった。ときめきの時間は他の場所と相手で持てばよいのである。さぎりは、持とうと思えば、その時間は持てる。いくらでも。この点が不安になるジェントルマンはけっこう多いので、したがって女優との交際には乗り気でも結婚には二の足を踏むジェントルマンもけっこう多くなるわけであるが、ときめきの相手としては自分は落胆されているのではないだろうかという危惧は、学歴を含む社会的自信が高いほど薄いので、世の中上手くおさまるのである。

紫さぎりが豆タンクと結婚したのは、彼が名古屋大卒で芥川賞作家だったからでありはするが、中学生のころに接した、自分のクラスの同級生とはちがう落ち着きのある彼を知っており、その彼からの「女優としてのあなたを優先させてください」というプロポーズが、本心だと信じられたことのほうがずっと大きい。

ギャンブルをしない。大酒飲みではない。妻の仕事に理解がある。この条件を、自分で生活できる職業を持った女性が結婚にさいして重要視するのは何のふしぎもない。温厚でやさしい。だれかとともに人生を歩んで行きたいと思っている時期に、この資質を備えた相手に惹かれるのも、何のふしぎもない。

二人は入籍し、東京都心にあるさぎりのフロア別分譲の広いマンションに豆タンクが越し、すぐにその近くのカルチャーセンターに講師の職を得る形で同居が始まった。

結婚後にさぎりがびっくりぎょうてんしたことがあった。芥川賞作家が、こんなにも収入が少ないのか、ということだ。

長く書斎に籠もる日が続く豆タンクがある朝、文芸誌への原稿を書いたと言う。紫さぎりといえば「文芸大作」で名が知られ、映画賞も受賞したことがある女優である。「文芸」誌に、寄稿する夫に、さぎりは「あの、の心」を満たされていた。「73枚の作品になった」と、徹夜明けの朝、豆タンクはリビングでペリエを飲んでいた。原稿用紙73枚。夏休み読書感想文で3枚書くのもできず、夏休みの最後の日に「パパー」と父親の袖を引いて手伝ってもらっていたさぎりには超大作に思われたのに、原稿料はわずか13万１４００円で、その明細書を見た時に、さぎりが履いていたベルトルッチ(Bertolucci)の室内サンダルより安いではないか。

「作家って印税がいっぱい入るんじゃないの?」。夫に訊いた。「なんで?」。夫も訊いた。夫婦は見つめ合った。すぐに夫のほうが理解した。妻が、印税というものを、作家という職業に支払われる特別手当てのようにイメージしていることを。

夫は微笑して訂正した。妻は名古屋スクールメイツに通っていた中学生のままに頰を染めて、はたと理解した。印税とは本が一冊売れたら入る取り分のことで、その取り分は、１５００円の本が一冊売れたら１３５円だということを。そしてその本も数千冊しか出版されないという実際を。

これを境に、次から次へと、さぎりは夫の経済力への認識をあらためていった。

その結果、豆タンクが、カルチャーセンター講師ではなく、新設の私立大学、清洲学院大学の芸術学部文芸学科に教職を得たときは、東京と愛知で遠距離婚になるものの、安堵した。

その私立大学からのサラリーは文芸誌に随筆を寄稿するよりずっと多くかつ安定していたし、しだいに彼が本を出さなくなっていっても「ご主人は芥川賞作家で」のままだし、「まあ、大学の先生もしていらっしゃるの」のほうが、「カルチャーセンターの先生もしてらっしゃるのよネ」より、「あの、の心」を満たした。収入についてはさぎりのほうが大幅に上まわっているのは同じだった。しかし、それはもう、さぎりには気にならないことになっていた。豆タンクとの生活が、プロポーズどおりであったことを体験してわかったさぎりには。

豆タンクは、実務的なマネージャーの風間とは別に、女優・紫さぎりのブレーン・マネージャーともいえる存在となり、十三年ぶりの著書刊行である『美人女優といふ妻を持つといふこと』で日本エッセイスト・クラブ賞を受賞した。彼の勧めでさぎりは木下座に一年、入団した。攻撃的な指導で有名な演出家が指揮するわけでもなく、派手なミュージカルを大都市で公演するわけでもない木下座は、名古屋を本拠地として東海地方で公演をする小さな演劇一座であるが、日本古典作品を現代的にアレンジすることなく、原典に極力忠実に舞台化していることで定評があり、大学や高校からの公演依頼が途絶えることがない一座である。そうしたところのほうが、紫さぎりがすでに獲得していた女優としての自尊心を発条にして、さらに演技力に磨きをかけられるだろうと豆タンクはにらんだのである。小さな一座で、端役をもらい、演出家から（妥当に）厳しく指導されて、結婚後の紫さぎりには、美人女優という評価に加え、三十歳を過ぎてから演技が上手くなったという評価が徐々にみられるようになっていった。

こうして幾星霜。豆タンクからの勧めで引き受けた女性弁護士役で、紫さぎりには、二度目のブルーリボン賞主演女優賞が輝いた。

この映画は、一般鑑賞者のあいだでは、さぎりのルックスについての評判がすこぶるよかった。

《ウィキで年齢見てたまげた。とてもそうは見えんかった》

《オーバー50の濡れ場なのにイケた》

世の中では、インターネットへの広告量が、テレビへのそれに追いついていた。メフィストフェレスがにやにやして近づいてきていた。

《あの女子高校生が紫さぎりをひきたてていた》

SNSには、この旨のレビューも多かった。

女子高校生というのは、映画の中で、弁護士役のさぎりに相談をしてくる顧客の娘のことである。意外なところでキーパーソンとなる役である。

はじめは、劇団ひまわり時代にそこそこ名を馳せた子役出身の十七歳が演ることになっていたが、急に入院するほど体調不良になり、配役担当者が代役をさがしていたところ、四人の候補が出た。出演シーンが全編に散らばっているものの、一回ごとに映る時間は短く、セリフもほとんどない役なので、「この子がいいわ」と、さぎりが抜いた写真の少女がすぐに決まった。

　星エージェンシーからプロデューサーに口利きのあった少女だったので、スタッフたちは、さぎりもそのことを耳に入れていたのだろうとふしぎに思うことはなかった。だが、さぎりの選択は、少女のルックスが主役の自分に与える効果を読んだものだった。意地悪でも不正でもない。こつだ。人気商売はすべて、制服を着て学校へ通っていた年齢（とし）ごろのままの感情で動かないと、自分のほうが、その感情で動くことに何の迷いもない者に蹴落とされる。蹴落とされなかったから、さぎりは、豆タンクの文芸誌からの原稿料を「わずか」で「安い」と感じる収入の女優になれたのである。

**

〈横見え〉に合格した秋に、αは、アメリカに本社のあるワイルダー化粧品のビューティアンバサダーに就任した。

　喜びの記者会見を英語でおこない、ウェブで各社の動画ニュースになった。

　新里開と鈴木ミモザは、父母としてまっすぐな「あの、の心」で愛娘の転校や就任に尽力した。

　その尽力ぶりを、高度経済成長期の通勤ラッシュの山手線に乗ろうとする客を、押して押して押す旧国鉄職員の姿のようだと見た人が、SNS上には多かった。

《ゲリラ的ゴリ》

《ゴリゴリ》

ゴリ押しの転校、ゴリ押しの就任だと。

父ニーカイにも母ミモザにも、本人αにも、このように形容される行為をしているつもりはさらさらない。「あの、の心」で「あの」な物をうれしいと思う両親に育まれたα。

「もっとモデルとして〈あの〉になれば、もっと〈あの〉鞄を持てたり、もっと〈あの〉靴を履けたり、〈あの〉服が着られるわ」という、くすみのない歩みを続けた秋であった。

その翌年。

ワイルダー化粧品は、《大人になってもピンクの口紅が似合う女性》を一般公募から二人選んでワイルダー・アワードを贈り、スーパー・ワイルダー・アワードを紫さぎりに贈ることにした。

スーパー・ワイルダー・アワードには、弁護士役でブルーリボン賞主演女優賞を受賞したさぎりの功績を讃えた面がある。トロフィーを渡す役は、ビューティアンバサダーのαが務めた。

紫さぎり。

α。

二人は、ワイルダー・アワードのレセプションで、初めて顔を合わせた。

《たちまち意気投合》

スポーツ新聞の芸能ウェブニュースには、こうあったが、ミモザが意気投合すべく、さぎりに猛進したのである。

あの紫さぎり。夫はあの芥川賞作家。そして何より、夫の勤務する清洲学院大学芸術学部の同僚がアディティ・バラクリシュランである。バンスリ奏者のアディティは、ミモザにとっては〈あの〉ではないが、アディティの兄は〈あの〉バラクリシュランである。

レセプションでは、人のドーナッツが二つできていた。紫さぎりを囲む大きなドーナッツ。αを囲む、その次に大きなドーナッツ。こうした場所では、豆タンクはつねに熟慮をもって、大きなドーナッツには近寄らず、中から小のドーナッツの一人になる。

アディティ・バラクリシュランは、豆タンクがレセプションに誘い、いっしょに新幹線で愛知から上京した。インドの楽器バンスリ奏者といっても、芸能ニュースに大きく取り上げられる存在ではない。豆タンクは、ある春の昼時に大学の職員用食堂で、たまたま隣席になって、知った。彼女の兄が、映画監督サル・バラクリシュランであることを。

冬のレセプションの前の、秋のさぎり弁護士映画公開の前の、夏の「潤一郎忌」にさいして、原稿用紙1枚2000円の文芸誌主催の集まりがあった。そこで豆タンクは、アディティの兄のサルに会っていた。そこでサルが谷崎潤一郎の『細雪』をインド・日本合作で企画しているのだと聞いていた。冬のレセプション会場で、ひとのドーナッツが揺れ、彼とアディティの傍にひととき立ったミモザは、このことを二人から聞いた。

＊＊

サル監督が「潤一郎忌」で豆タンクに話したとおり、ほどなくインド・日本合作『細雪』の企画が立ち上がった。

谷崎潤一郎の原作はアレンジされ、鶴子は母親になり、金のために無理やり13歳で結婚させられた富豪の夫とのあいだに雪子がいたが、夫に絶対服従の家から雪子とともに逃げ出したのを、日本人銀行員が救済のために、二人をムンバイでの自宅の、渡り廊下でつながる離れに住まわせるという設定になっている。銀行員の妻幸子の役をさぎりが、娘妙子の役をaがして、鶴子と雪子はインド人女優がする。

ごく内々の打ち合わせが、日本でおこなわれた。

さぎりとαは、目の前にした。バラクリシュラン監督、インド人鶴子、インド人雪子を。

夕方であった。

ワイルダー・アワードの贈呈式の模様を報じた記者は〈たちまち意気投合〉と、無難なまとめ方として書いたに過ぎなかったが、この夕方には、さぎりはαに、心の底からの本心をぶつけた。

「どうしよう！　αちゃん」

さぎりは強い恐れを感じたのだ。αも同じにちがいないと信じて疑わなかった。

豆タンクというブレーン・マネージャー的な夫を得たさぎりは、名古屋のほうの自宅マンションのリビングでの会話が強く頭に残っていた。「変わったんだなあ」。彼は、さぎりにも淹れてくれたアッサムティーを飲みながら、スマホでニュースを見て言った。αの両親ニーカイとミモザが電撃結婚した時代とは、世間の王座につく人間が変わったと。「あたし」と「俺」が女王と王につくようになったと。「昔から人気商売なんてものは、気まぐれな大衆に支えられてきたんだけどさ、それにしても、いやはやなんともさ」。豆タンクのつぶやきのとおり、文化芸能ドメインは「あたし」と「俺」たちのＳＮＳ体制のきょうれつな支配下にある。とすれば、

（どうしよう！　顔が大きいと言われてしまう！）

と、共演のインド人女優を前にして、さぎりは恐れたのだ。

ブルーメンバッハ説におけるコーカソイドの中でもインド人は、とりわけ頭部が小さい。小さい頭蓋骨と小さい顔面。濃く淹れたアッサムティー色の肌は、顔をさらに小さく見せ、小さなそこに彫り

の深い目と高い鼻が組み込まれて、さらに小さく見える。

この極小の顔の女優たちと、離れとはいえ一つ屋根の下で暮らす物語を演じてスクリーンに映し出され、全世界に公開されるのだ。

ジョン・ローンはプロポーションよく顔も端整なアジア人であるのに『エム・バタフライ』で、イングランド人の中でも特筆的なまでに顔の小さなジェレミー・アイアンズと共演したばかりに、顔が大きいとさんざんに悪口を言われた。ダチョウ並みに顔の小さいアイアンズと共演しては、アメリカ人のメリル・ストリープにも『フランス軍中尉の女』で顔が大きいと陰口を叩く者がいた。まだ大衆がメフィストフェレスからのプレゼントを手にしていなかった、これら二作公開時にさえ、そうだったのに、今では彼らはプレゼントを受け取っているのである。

（ＳＮＳで、どれだけ言われるかしら。いやだ。顔が大きいと言われるのはいや。それだけはいや）

崩れ落ちる心地がする。

１９６０年代の人気映画シリーズ『座頭市』が、１９８０年代にＴＶ放映されると、市を罵るセリフが急に無音になるようになり、今や、毛髪についての■■、身長についての■■、体重についての■■、年齢についての■■■。いろいろな蔑称が、ポリティカルコレクトネスから使用を避け始められているが、こと「顔が大きい」だけは、この対策から洩れたアンタッチャブルだ。

有名人をもっとも手っとり早く、効果的に傷つける弾丸は、「顔が大きい」の一言である。この一言で、物理学で功績のあった人も火事場で人命救助に尽力した人も、その業績と努力が笑い物となる。

監督と鶴子雪子の、三人のインド人の、固形コンソメの素のような小さな顔を前に、さぎりはaを楯にするかのように、彼女の腕をとっていた。

「αちゃん、日本ロケの部分について、もうちょっとお話ししましょうよ。日本語オンリーで」

さぎりはαと二人きりになると、スマートフォンを取り出した。

「見て。この子。αちゃんと同い年よ」

モバイルフォンに出た一人の少女の画像を見せる。

「星エージェンシーからの推薦で、私が出た映画にも出てくれた子なの」

さぎりが弁護士役を演った前作の映画で女子高校生役だった少女だ。

「αちゃんと同い年なんだけど、この子をαちゃんの演る妙子の同級生の役にどうかしらね」

αも新里開も所属事務所は星エージェンシーなので、興味深くスマホの写真を見た。

「こう言ってはなんですが、そうぱっとした人じゃないと思うんですけど……」

「そうよ、だって、同級生の役がぱっとする必要ないじゃないの」

さぎりはαの目をのぞきこむ。

「あ、ナルホドですね。じゃ、そういうことならマネージャーから事務所にも伝えてもらっておきます」

αは即答した。引き立て役にぴったりだわ、と彼女もふんだのだと、さぎりは思った。やはりαも、自分と同じ恐怖を抱いていたのだと。

さぎりは、紫という姓からも、キャリアからも、紫苑化粧品のCMに長く起用されている。日本を代表する高級化粧品メーカーとの長期契約は、正直なところ、気まぐれにアワードをくれた外資のワイルダー化粧品より大事だ。

（SNSで大顔と悪口を言われては、紫苑上層部にも悪いイメージを与えてしまう）

SNSでの揶揄（からか）いを理由に契約を打ち切るようなことを紫苑化粧品はしまい。この危惧は、専らさぎりの、いくつかある彼女の内の、美人女優としての部分での、制服を着て学校へ通っていたとしごろのままの本音である。

前作の端役少女を『細雪』に出演させて、観客に自分の顔を小さく見せる効果が、いったいどれほどあろう。つねに彼女とさぎりが頬寄せ合うようにして映るのならともかく。だから、端役少女を出すのは、気休めにすぎなかった。だが、舞台度胸というものは、そんな気休めであったり、非科学的なジンクスであったりが、効果を発揮したりする。

サル・バラクリシュラン監督の演出による『細雪』は、金ゆえのきっかけで密着して暮らすことになった四人の美しい女たちと、一人ののらりくらりとした、そう美しくもない男が、危うさをともないながらも、近づき、離れ、また近づき、また離れていく歳月を、一年余をかけて静かに撮り上げており、この作品の耽美的な映像を前にしては、さぎりの恐れなど、瑣末なことだった。

＊＊＊

バラクリシュランの『細雪』が、ＢＡＦＴＡ（British Academy Film Awards）撮影賞と監督賞の二部門を受賞した。

この受賞では、紫さぎりはすでにベテラン女優であったので、αがさらなる注目を浴びた。

アメリカのワイルダーの次は、イタリアのベルトルッチ（Bertolucci）のビューティアンバサダーに就任したのだ。

トスカーナ州に本社のあるベルトルッチは、なめしになめした革を使ったデザインの洋服に、ロゴにもなっている細い革紐を編んだローマン・サンダルの組合せをまっさきに思い出すメゾンである。

「あたしだって着たかったわよ、ベルトルッチ。だけど、あたしはほら、曽根崎心中体型の雨月物語顔だからァ、あちら様にキョヒされてきたわけ〜」

おねえタレントと呼ばれる一人の、ファッション評論家が午後のワイドショーでコメントする。

革がメインの服はむろんのこと、アクセントとして多用するハードな雰囲気のデザインなので、着こなしが相当に難しく、ヨーロッパブランドとしてはシャネル（CHANEL）とはまた別の、通好みに絶大な人気のブランドである。

「でもさ、なにか方法あるんじゃないかしらって、ずっと方法を探ってたわけよ。だから、αちゃんがベルトルッチのビューティアンバサダーに就任したってニュース、きゃっほーってなくらい大喜びしたの。

だってだって、あなた、そうじゃない？　αって女の子はね、ほら、TV見てる人には『ジューNANA』の写真が見えてると思うけど、この雑誌の表紙なんかのとおり、ラブリーフェイスで、シルエットは、お母さん似の骨組みできゃしゃでしょ」

おねえタレントはうれしさに、声がうわずってくる。

「こんな小柄な女の子がね、あのベルトルッチをさ、どんなふうに着こなして紹介してくれるのかしらって、あたし、んっとにたのしみ！」

おめでとうと祝福してコメントを終えた。

ミモザの『シュF日記』はもうブログではなく、時代に合わせてインスタグラムに変わっていた。

ブログ時代には連日のオーガニックな手作り料理と菓子だったが、インスタグラムになってからは、ときに母娘で、ときに娘だけで、私服のファッションコーディネイトが頻繁に更新されている。

二重Cカールの睫毛エクステンションを付けたミモザが目を閉じて、「あの、の心」のリネンメー

カーの社名入りクッションに頭を添えて、だが、どういう姿勢をとっているのかクッションが窪んでいない写真に、
《ママ、お昼寝。すっぴんをゴメンナサイ》
3㎝の付け爪に、きらきらしたハート形のデコレイションを接着させたジェルネイルをした指のミモザが、レタスをたくさん挟んだバゲットに、ドレッシングをかけようとしている写真に、
《元気もらえるのは、やっぱりオーガニックなお野菜》
ショップの袋から開封したてのような蛍光塗料的白色のTシャツと、開封したてのような皺一つないデニムのショートパンツで、ベルトルッチのカーフスキンのリュックを片肩がけしたαが、骨盤を真正面にレンズに向けずにS字を描いてモデル立ちする写真に、
《ふだん着、撮るなよ💢、ママ》
その写真に対して、写真週刊誌のオンライン記事が、
《ナマの美脚を、ママミモザに盗撮されたα》
ベルトルッチのチョーカーをアレンジした首輪をしたポーチュギーズ・ウォーター・ドッグを散歩させるαを、地面にスマホを置いて20度くらいの仰角で撮った写真に、
《キース君とお散歩》
その写真に対して、女性美容ファッション誌のオンライン記事が、
《αの犬の散歩姿が神》
などなど、インスタグラムでのαは、他のウェブ媒体でどんどん紹介されていく。
見た人の多くは、ぽかんとした。

インスタグラムでのミモザとαの画像は、どれもみな、見る人が窒息しそうになるほどキメた写真なので、そこに、すっぴん、とか、ふだん着、とか、犬の散歩、とあっても、付いたコメントと写真がかけ離れているのである。ぽかんとする。

《あんな靴で、犬の散歩できるの？》

ぽかんとして、感想を投稿する人もいた。

オバマ元大統領が飼っているので有名になったポーチュギーズ・ウォーター・ドッグは、バイデン大統領が飼っているので有名なジャーマンシェパードほど大型犬ではないが、チワワやトイプードルのようなサイズではない。犬を散歩させるのだから、ゆっくりのウォークばかりでなく、トロット(速歩)やキャンター(駆足)もしてやらないとストレスがたまるだろうに、αの犬の散歩の写真はつねにエクストラハイヒールである。

靴のヒールは５cmあっても窮屈だし、８cmではキャンターは無理だ。10cm以上のエクストラハイヒールともなれば、近所のコンビニエンスストアまで買い物に行くのも痛い。

犬の散歩という行動の目的が果たせるのだろうかという疑問は、誹謗ではなかった。率直にぽかんとした、純然たる疑問の投稿だった。

ただただ、率直に「ふしぎ」だった。

この疑問には、たちまち十万件近くの「いいね」がついた。つけた人たち（その多くは愛犬家）にも、誹謗の感情はなかった。

《αは身長はどれくらいなのかな。１６０くらい？》

身長がどれくらいか見当をつけることは誹謗ではない。高いヒールの靴を履けば背が高く見えるというのは履いた本人だけの錯覚で、かえって背が低く見える。靴は履いて立つだけでなく、歩行するための物なのだから、高いヒールで歩くにはバランスをとるために膝を曲げざるをえず、結局、低く見える。低く見える写真を見て、実寸の身長はどれくらいなのだろうと想像してみるのは誹謗ではない。

《ポーチュギーズ・ウォーター・ドッグって中型犬ってなってるけど、柴犬サイズとはちがうから、散歩に連れてってやるならやっぱあんな靴だと苦しいような》

この投稿も。

しかし、なかには誹謗……、行間に誹謗の霧がたちのぼっているものもあった。

《αって、身長170cmって言ってるけど、ほんとは160cmかそこらだよね》

これにはたちこめている。

SNSは、それがなにかまだよくわからぬままの子供が、そっと手の中に渡されたマッチのようなものだ。子供がマッチで遊ぶように、人間たちがSNSマッチを擦るようになってくると、ひひひと、メフィストフェレスは物陰で祝杯をあげた。

『シュF日記』で鈴木ミモザが「オーガニック」を多用するようになったころから、一部の人の腹には、小さな、消化できないものが溜まっていった。小さくても徐々に徐々に溜まれば宿便となる。宿便は、朝の起き抜けにコップ一杯の水を飲んでも排便できない。と、てっとりばやく市販薬、たとえばコーラック錠を買って来て飲む。出る。スッとする。

だが、コーラックに頼ると、もうコーラック無しでは排便できなくなり、コーラックの量が増え、出るものも増える。

自分の犬や猫のことは、人前で積極的に話したり、動画で公開したりする人がよくいる。だが、自分の便秘のことは、人前で積極的に話したり、動画で公開したりしない。しかし、便秘の人は現実にいる。苦しんでいる。気持ちが便秘の人もいる。苦しんでいる。コーラックを飲む。すると、出る。

《身長偽装工作》

《あのハイヒールはまるで竹馬》

密かに便秘で苦しんでいた人は、こんな投稿に「いいね」をバンバン押す。

便秘ではない人にも、ベルトルッチの日本支社長と並んだαの写真は、たしかに異様だった。

細く割いた革とレースを交互に縫い合わせた生地の、サイドスリットが大きく入ったドレスである。若々しいαの片足がさーっと見えるこのデザインは異様ではないのだが、支社長がフレッド・アステアよろしくステッキを持っているのである。この支社長は、就任時にジロ・ディ・イタリア(Giro d'Italia)に出場したことがあると紹介されたスポーツマンであり、補助のためのステッキが必要な年齢でもない。しかも彼は杖を持った手をαのほうにのばし、αはステッキを持つ彼の手を上から握りしめるようにしているのである。αの履いた他社ブランドと思われる靴(ローマンサンダルをベースとするのがベルトルッチの靴の特徴なので)ゆえであろう。ステッキで支えでもしないと立っていられないようなウルトラハイヒールなのだ。ここまで異様だと、

《ひゃあ、これはどうやって立ってるの?》

《スーパー歌舞伎みたいにワイヤーで吊ってもらってるの?》

行間から悪意は消える。素直な疑問のコメントがインターネットに流れた。

足の指の、そのまた爪しか床につけていないのではないかというほどの苦痛感あふるる爪先立ちのαの画像は、まるで拷問をされているようだった。女性が拘束されて虐待(さいな)まれるのを見るのが趣味の

マニアの間でアンダーグラウンドに売り買いされるというハプニングが生じる中、αは、ビューティアンバサダーのみならず、ベルトルッチのショーのランウェイに出ることが決まった。

＊＊

新里開は中1から父親がマネージメントするバンドの一員で、高1で星エージェンシーに所属し、当代の人気者になった。彼本人が「あのニーカイ」なのである。彼本人が長く〈あの〉をやっているのだ。

星エージェンシーは、〈あの〉ニーカイは、身長176cm、と公称した。これは男性向け週刊誌の水着グラビアページに、モデルのサイズについて「W58」「体重42kg」とキャプションが付くのと同じだ。芸能界では「そう言うことになっている」のだ。夜でも「おはようございます」なのだ。「あの、の心」でベルトルッチのバッグが欲しい人には、ダイソーのバッグは、目の前に陳列されていても、持っている人がいても、目に入らない。〈あの〉ではない人が何万人集まって「ニーカイは168くらいだろう」と言っても、星エージェンシーの高い塀の向こうには届かない。高い塀に囲まれ、実寸は168cmであっても、あのニーカイにしてみれば「身長176cmです、と言うのも仕事のうち」だと信じていくようになるのである。

たとえば某市市営バスで何かの事件があったとしよう。ニュース記事についた写真の傍に〈写真はイメージです〉として、フリー素材のバスの写真がついていても、記事文自体は何年何月何日何時に某市であった事件を報じている。写真のバスが、何年何月何日何時に事件のあった市営バスとは別のバスであったとしても。

ニーカイである以上、身長176cmなのである。ビキニ水着のモデルはW58なのである。〈身長176cmはイメージです〉なのが、〈あの〉なアイドルなのだ。

そして鈴木ミモザ。デビューは高2であった。「女の子」が最も「女の子として自信のある年齢時」に、〈あの〉なJJJにバイクに乗せてもらい、大ヒットした〈あの〉曲を歌っていて、さらに〈あの〉ニーカイに選ばれて結婚したのである。この栄達の結実の娘αを、自らの若さ再生を託して「エースになりますように」と願うのは、まさに健全でまっすぐな精神である。

父と母のまっすぐな愛に育まれて、すくすく育ったのだから、αは、自分が身長を偽装しているなどとは思っていない。15cmのウルトラハイヒールを履いたら、その15cmぶんも、自分の身長だと心から思えるのである。「だって靴を履いているのはわたしなのよ。他の人じゃないわ」と。

父も母も、α本人も、ベルトルッチのランウェイに出ることに臆さないのは必然だ。

ランウェイを闊歩した。

非常に目立った。

古代ローマ人が履いていたような編み上げサンダルがロゴになっているベルトルッチである。スニーカータイプでありながらスタイリッシュな革靴をいち早く発売したのでも知られるこのメーカーの靴は、どれもヒールはフラットだ。そのショーでも、モデルたちは全員が、なめし革のモカシンシューズを履いた。甲カットが微妙にV字になった新作モカシンシューズは、各人の足のかたちにフィットして、「まるではだしで歩いているかのよう」がウリである。

このモカシンシューズに、なにげなく海や海辺を連想させるミニ丈のドレスをモデルたちは着て、はだしのダンサーのような躍動感を、ランウェイで見せた。

αだけがちがったので、目立った。

ドレスは同じでも靴だけがちがったのだ。

スニーカーを履いていた。10㎝のインヒールのスニーカーは、ベルトルッチでも、ベルトルッチ・アネッソの製品である。ベルトルッチ・アネッソは日本韓国中国に絞った製造と販売をしているレーベルで、通称、おばはんヒール靴。

木口小平二等卒さながら「死ンデモ　ヒールヲ　踵カラ　ハナシマセン」という人がいる。プールサイドもキャンプもハイキングも、靴にはぜったいヒールがついていないと人前に出ない。「あたし、ぺたんこの靴ってかえって疲れてしまうの」が口癖だが、しかしヒールのパンプスは足が痛い、「アラッ、これならヒールがついているじゃないの、これなら痛くないワ」という人向きの靴で、18歳が履いても、46歳が履いても、たちどころに72歳のおばはんに見える、黒のプラスチックシェードのサンバイザーにも勝るおばはん臭を放つウェッジソール靴。内部で底上げするインヒールなので厚化粧のおばはんだ。

この靴のためにαがO脚であることに人々は気づいてしまった。身長に比して靴を履いた部分が重たいので、足さばきも重たくなり、脚のラインが目立ったのである。O脚といっても、よくよく注意せねばわからない。冷徹の目で見ればO脚ぎみ、ていどの内反膝であるのに、厚底おばはん靴が、実際以上にO脚に見せてしまった。

以前のニュースとちがい、SNSに上がった動画は何度でも何度でも繰りかえして観察されるのである。

このランウェイで、日本人は知った。まだまだ日本人にはO脚が多いことを。そしてもっと知った。

αの顔が大きいことを。

＊＊

星エージェンシーはこの問題について、すみやかに対策をとった。ベルトルッチ・ショーのランウェイに出たあと、公表するαの写真はすべて星エージェンシーを通したものにすることにした。

星エージェンシーは自社にデジタル画像部署がある。この部署のスタッフはマネージャーがタレント・俳優に付くように、担当するタレントに付いて画像リタッチをする。ミモザとαが個人的に撮ったものを星エージェンシーに電送すれば、担当者がリタッチしてインスタグラムにアップするほか、パブリシティになりそうな場所にはプライベート写真として送る。

ベルトルッチ本社が公開したランウェイの動画以外の、国内でのインターネットニュースの画像は、αの顔が縮小され、首が延長されている。

＊＊

《超絶技巧の画像細工》。

この投稿が広まりかけたとき、星エージェンシーは公式サイトで伝えた。αが神経性胃炎でしばらく休養に入ることになったと。

広まりかけたのは事実だったが、ミモザとαのインスタグラムはコメントブロックであるし、母娘はスマホに出てくる映像（ビジュアル）には目を留めるが文章には留めないのでこの投稿を見ていなかった。

休養は、この投稿のせいで神経性胃炎になったためではない。画像だけでなく、本体にも修整が施されることになったためである。

αは、自分の顔が大きいとは思っていない。思ったことは一度もない。stoneのことは石と、morningのことは朝と、moonのことは月と、日本に生まれて育てば自然に身につくように、αはkawaiiは自分のことだと身につけて、ものごころついた。生まれたときから家の中でも外でも、かわいいと言われつづけたのだから。

生まれたときから、家の中でも外でも、kawaiiと言われることがない環境でものごころつく赤ん坊もいるのだから、言われつづければkawaiiと自分を同一視するのは、まったくもって自然なことである。そして二次性徴期には、母がその年齢だったころより背が高くなりはじめ、としごろになると母より背が高くなった。これはミモザとαの差というより、ミモザの世代とαの世代の差によると言えるのだが、母ミモザも父開も大喜びした。「αはスタイルがいい」。「かわいい」に次いで家の中でも外でも言われる。わたしはスタイルがいいと、心から思うのは自然なことである。『ジューＮＡＮＡ』の表紙を飾って、〈横見え〉で、『Elke Japan（エルケヤーパン）』の表紙を飾って、ワイルダー化粧品のビューティアンバサダーに就任して、わたしはスタイルがいい、が、自分の家のリビング内だけでの認識ではなく、世の中の認識だと思う。これのどこに不自然さがあるだろう。

「でも顔が大きいわね」。ルックスだけでなく、学歴も家柄も運動神経も歌唱力も政治指導力も視力聴力嗅覚さえも、その人のありとあらゆる長所美点を全否定する誹謗でありながら、ポリティカルコレクトネスとしてまったく問題視されないアンタッチャブルである「でも顔が大きいわね」が、自分に向けられるかもしれないという発想が、αには、まったくないのである。だれからも言われないのだし、言われたところで、誹謗の絶対王である「でも顔が大きいわね」さえも、肯定の教育で育った人の前にはクジラの前のメダカである。

「あの」ベルトルッチのショーのランウェイを見て、αとミモザが思ったことは、

「ガイジンみたいではない」

だった。

「ほかのモデルはみんなガイジンなんだもんね」

だった。

外国人とガイジンはちがう。ガイジンとはコーカソイド人種ならびにコーカソイド混入のルックスをゲットしている人間のことである。ミモザとαは、星エージェンシーの担当画像アレンジャーに、

「もうちょっとガイジンに見えるような写真を選んで」

と頼んだ。そして、本体にもガイジンに近づける修整を施した。

αは審美歯科で上の奥歯（親知らず含む）を2本、下の奥歯を2本、計4本の奥歯を抜き、下唇の裏側から医療ドリルを入れて顎の骨を削った。4本の抜歯と骨削りで顔の骨組が小さくなるぶん、顔の皮膚がたるむので髪の中のめだたない部分の皮膚を切ってつまみあげて縫合する。すると顔がガイジン……のサイズにやや近づく。

縫合後の抜糸から切開痕が落ち着くまでの期間、静養することにしたのだった。

＊＊

マネージャーから、αの、歯抜き骨削り皮引っ張り上げ手術のことを聞いたさぎりは、

「じゃ、あの女子高校生役をした子を、『細雪』で妙子の同級生役に抜擢した理由を、αちゃんはわ

かってなかったのかしら?」

首をかしげた。

「あの子を抜擢したとき、すぐにＯＫしたから、αちゃんは私と同じコンプレックスを持ってるものだと思ってたんだけど……」

「紫さぎりにコンプレックスと言われたら、世間の人は困っちゃうと思うけどなあ」

平成が終わるあたりから、さぎりの口から「コンプレックス」ということばがたびたび出るようになり、風間マネージャーは、やれやれと思っている。

さぎりは、彼女の世代では長身だ。細身ですらりとしている。美人女優の代表の一人である。そのことを指摘すると、

「でも、しょせんは昭和生まれだもの」

さぎりは肩を落とした。自分は年をとってしまったという愚痴ではない。平成生まれから急激に、日本人の顔骨と頭蓋骨が小さくなったことに対処しようがないという落胆である。

「昭和にだって顔が小さい人はいたわ。私だって学校のクラスメートから、よく言われたわよ。でもね、昭和に顔が小さいっていうのは、たんにすぼんで小さいの。でなかったらタモリさんや菅(すが)前総理みたいに体全体が小さいから顔と頭も肩幅も小さいの。

でも平成生まれからはちがうわ。頭の後ろが、ちゃんと張って出てるの。天井にカメラを付けて上から撮ったら、昭和生まれの顔の小さい人はたんに直径の小さい円だけど、平成生まれの顔の小さい人は、耳から耳への長さは昭和生まれより短くなって、おでこから頭の後ろの長さは昭和生まれより長くなった楕円なの。

シリコンを挿れていないのに鼻も高くなって、首も足も長いの。芸能人じゃなくてもよ」

「それはまあ、そうなんでしょうけど……」

持ち駒のモチベーションを下げないようにするのが任務のマネージャー業としては、風間は返答に困る。

「言われてみりゃ、ふしぎですね。食生活と住生活が欧米化して、足が長くなっていくのならなんだかわかるけど、頭蓋骨や鼻の骨まで、なんで変わるんでしょね。なんで首まで長くなるんだろう。古代の人たちみたいに領土侵攻しまくって混血しまくったわけじゃないのに、どういう遺伝のシステムなんだろう」

さぎり個人から話題を離すようにしたが、

「そうでしょ？　だから私、平成生まれの人と共演するようになってから、自分の顔は大きいんだってコンプレックスになったのよ」

「コンプレックスって、劣等感って日本語ではなってるけど、そもそもは複雑っていう意味なんだから、『細雪』に出たサーさんとしては、谷崎先生の陰翳礼讃でイケばいいじゃないの」

たしかに紫さぎりは、自分のルックスについてなにかしらのコンプレックスを持つようになってから、逆に演技者として一皮剝けたところがあるのである。どんな厳しい監督のもとでも、監督が要求すれば何度でもやりなおし、やりなおさせられるたび意気が揚がるようになった。

「αさんが、平成どころか21世紀生まれということを考えると、もしかしたら、また日本人の顔は、昭和のサイズにルネッサンスしていくのかもですよ」

日本人の平均身長の伸びは止まり、最近は低くなっているというデータを、マネージャーはスマホで検索して、さぎりに見せた。

「実はね、私、αちゃんに、ベルトルッチのランウェイは考え直したほうがいいってLINEしたの」

すぐにαから返信があった。「なぜですか?」。さぎりは、LINEの「ノート」に長文で丁寧に書いた。

《αちゃんの最近の御活躍ぶり、注目の的でなによりです。追い風が吹いているこの機会に、今は、ご自身の現在を大勢にアピールしていくことに賭けてください。

今のαちゃんは若くて本当にきれいなのです。それが外国の、とくにベルトルッチのようなメゾンのショーのランウェイに出ると、αちゃんの顔の大きさが目立ってしまい、妙なふうに悪口を言う人が出てくるかもしれません。決してαちゃんの顔が大きいという意味ではありません。平成生まれには極端なまでに顔の小さな日本人がいますが、あくまでもそれではないというだけの意味です。ランウェイに出ると、このことを鬼の首をとったように悪口にする輩が出る危険があるようで心配なのです。

若くてきれいなαちゃんは、今は国内のファンのハートをしっかり摑んで、αちゃんの個性に合った芸能活動でキャリアアップすれば、それからでもランウェイは遅くないと思うのです。》

このLINEノートを見て、αは腹を立てた。ミモザも腹を立てた。

母娘は、さぎりのノートにある「顔が大きい」という、5文字だけを、見て、「平成生まれには(中略)いますが」の部分を「平成生まれにしては」と誤読した。

平成生まれから急に日本人の顔が小さくなったのもふしぎだが、平成生まれから急に日本語長文読解ができない人が増えたのもふしぎである。

5文字だけを、見て、26文字を9文字に誤読して、αとミモザの母娘は、かっかとしてインスタグラムに写真をアップした。星エージェンシーのデジタル担当者を通さずに、フリー素材のアニメ風『白雪姫』を加工した写真を。りんごを白雪姫に売りに来る魔女の顔の部分に、目元に横線を入れた紫さぎりの写真を嵌めたもので、タイトルは《嫉妬にshit》。〈横見え〉帰国子女クラス卒らしく英語をまじえた。コメントは《M・Sはαの若さに嫉妬している馬場痾（草・草）》。若くない婦人を指す蔑称を、さらにわざと馬場痾と厭味な当て字にして。

長文を「ノート」にしてLINEを送ったさぎりが、〈既読〉のまま返信がないのが気になってミモザのインスタグラムを見たら、M・Sが自分のことだとわからないはずがない。

《ベルトルッチじゃなくてオメガのランウェイをすればいいわ》

と、こちらもかっとなって、すぐにLINEで送信してしまった。

さぎりの年齢にはスマホの小さい画面の、そのまた小さい画面のLINEは見づらく、送信マークをタップしてすぐに、「いけない、こんなことをしては」と彼女の年齢にふさわしい冷静さをとりもどしたが、送信取消に間に合わず、すでに〈既読〉になっていた。

「オメガのランウェイをすればいいわ」という一言は、さぎりが推した端役女子高校生の付き人から聞いた印象的な話が頭にあったからだ。付き人が小学生だったころに近所の姉妹が、自分たちの叔母のO脚をギリシア文字に譬えていたという。

「オメガのランウェイをすればいい」という15文字だけを見たミモザとαの母娘は、最大級の褒め言葉だと受け取った。

不気味な紫さぎりをこれからは避けようねと、母娘はさぎりのＬＩＮＥをブロックした。

「馬場痾って言ってやったのに、褒めてくるなんて」

「不気味な女ね」

＊＊

「不気味な女だなあって……」

みどりは言った。

「……自分のこと、よくそう思ってた」

「俺もそうだったよ」

「それはたしかじゃない。職員室で初めて見たとき、不気味な人だと思ったわ」

「今ごろ、そんなこと言う？」

「今だから、言うのよ」

「俺は、みどりさんのこと、不気味とは思わなかったけどな」

「そりゃそうよ。そう思われないようにしてきたもの。小さいころからずっと。妹があんななのに、姉のほうは、サエないうえに不気味なことに気づかれたら、取るとこがないじゃないの」

取るところがない、と自分の口では言いながら、ルックス以外では妹に勝っているのだから、「そんなことないよ」と言ってもらいたくて言っていると思われたらどうしようと思い、つい口に出そうになる自分へのコンプレックスを、いつも抑えてきた。

断じて「そんなことないよ」と言ってもらいたくて、言っているのではない。どんなに社会がポリティカルコレクトネスを訴えても、女のルックスが、ルックス以外の要素をさっさと上回ってしまうことは、みんなわかっていることなのに、そうではないようにうわべを整えることに腹がたち、つい、ただ事実としての、自分のルックスの見劣りを、うわべだけのポリティカルコレクトネス調整に対してつきつけてやりたくなるのである。

それでも、妹に比べてルックスが劣っていると悲しんでいると思われないようにしようとしている、と見られないようにしようとしてとる行動をしていることに自分で気づくと、自分は不気味な人間なのだと不気味になり、不気味に思われないようにつとめた……つもりだったが、どこまで効果的だったかは、みどりにはわからない。

自分の感情のプリズム反射を、豆タンクは難なくキャッチできる、と以前は思っていたが、どうであったかも。

そよや、みどりの妹は紫さぎりである。

さぎりの姉、みどりは半身を起こして捩(ね)じり、ベッドカバーを少しだけめくって、二つある羽根枕のうち一つを、足の下に入れて仰臥する。

「ピッピがいつもそうして寝るんだよな」

隣のベッドに横臥する豆タンクが言う。

「ピッピは、頭にも枕はしないんじゃなかったっけ?」

午後八時。サイドテーブルを挟んだ二つのベッドにかけられたカバーは、バリ島のバティックで、仰臥していると熱帯植物の中に大の字になっている気分になる。

「この寝室、もうずっと、バリ島ふうのインテリアなのね。奥さんも御同意の趣味?」

豆タンクと、この寝室に二人だけのときは、みどりは妹のことを「奥さん」と呼ぶ。

「俺の趣味。東京のほうのでかいとこは違うけど、このマンションだけ、俺の名義だから」

印税原稿料をほんの少しと、清洲学院大学からの給与を、みどりの夫の勤務先である郵便局の積立貯金にしたものを全額、それと株の売買で得た金を合わせて買った不動産である。

ＪＲ名古屋駅からアクセスがいいわりに静かなエリアに建つ６０８号室は、東京の、さぎりの個人事務所としての名義となっている広い１０５８号室に比べればこぢんまりとしていると形容できるかもしれないが、みどりの自宅とくらべれば、ここに一年の半分を、豆タンク一人が住んでいるのだから、ゆうゆうと広い。

＊＊

姉妹が30代後半だったころ。

今からすれば、「もう昔のことだ」と、身でも、心でも、あっさりすませられる過去のある日。

６０８号室のチャイムを、みどりは押した。さぎりから頼まれたことがあったのだが、P市から名古屋市内までわざわざ行くには気乗りしない訪問だったので、最初は断った。

妹は、豆タンクのアルコール摂取量の多さを心配していた。寝室に、ウィスキーやワインのボトルが隠されていないかと。「ヘルパーさんに頼んである項目は、彼の洗濯物と、書斎と水回りの掃除なの。寝室はイヤだから、してほしくなくて、項目から外してあるの。隠すとしたら寝室だから、ちょっとなにげないふりして調べてもらえないかな」という頼みは、たいていの人間なら断りたいことだった。

だが、連休に長男が名鉄百貨店の恐竜展に行きたがり、兄にくっついて長女もデパートに行きたがり、そこに義母が、彼らと仲のよいいとこたちを連れて行くというので、子供たちをデパートまで送って、そのまま子供二人は、いとこたちといっしょにいられる夫の実家に泊まることになった。と、残されたみどりは、自分がふいにポツンと一人になった心地がし、６０８号室に電話してみると、豆タンクが「ヒマしてますから、いらしてくださるとうれしいです」と言うので、デパート地下でデリカテッセンを買って、妹の頼みを果たしにいくというほどのこともなく、チャイムを押したのだった。

「冷蔵庫の中とかそのへん、ちょちょっと整頓なんかしておくね」

と、あえてカジュアルな口調で言ったものの、ダイニングキッチン、そこからワンルームふうにつづくソファやオーディオ類の置かれたあたりにモップをかけるくらいならいざしらず、ドアの閉められた部屋を開けて入るなどということは、できかねた。

「昼からお酒を飲むなんてことある？」

棒読みのようになった。

「カッレくんですか？」

豆タンクはすぐに悟った。

「ロッタちゃんの冒険、失敗」

みどりは欧米人のように両手をあげて、首を曲げてみせた。

彼とみどりは、親戚になって以来、顔を合わせる機会の、そのまたごく一部の短い時間に、互いの余暇の趣味が似ていることを知っていた。

「うちの奥さんは、俺の健康のこと、ほんとに心配してくれてるんですよ。頼まれていらしたんですか？」

「まあね」

「昼に飲むんですよ、いつも。飲むときはね。それで依存症じゃないかって心配するみたいで」

「夜は飲まないってこと？」

「うん。夜に飲むのは好きじゃないんです。俺は酒飲むと目が冴えてしまうんですよ」

「あ、私もそうだわ」

そう言ったみどりに、豆タンクは、冷蔵庫からライムとコロナビールの小瓶を取り出し、ライムを細長くカットして瓶に入れて差し出した。

しばらく迷ったが、受け取り、瓶のまま飲んだ。豆タンクも同じものを、同じようにして飲んだ。ライムの入ったコロナビールを持ったみどりに、豆タンクは書斎と寝室のドアを開けてみせた。

「調べてくれていいですよ、大量に酒を隠してたりしないから」

「もう、そのことはいいわ。隠してたって、私が見つけられるもんじゃないでしょ、すてきな絵ね」

豆タンクに背を向けて、ドア口で、みどりは、寝室のバリ島ふうのインテリアに感心し、妹の夫の趣味を褒めるために、ふり返った。

褒められた豆タンクの、首のうしろを手で掻いて照れる姿は、おそろしく魅力的だった。豆タンクという綽名のとおりの外見なのに。

(何がちがうのだろう)

ぱっと見たルックスだけを比較すれば、郵便局勤務の夫と豆タンクとでは、豆タンクのほうが劣っている。だが、妹は彼と結婚した。その理由が、豆タンクが卒業した大学や、社会的に知名度のある賞を受賞したことだけではないのは、妹が、彼と結婚すると、帰省のおりに家族の前で、彼を紹介したときに、ぴんときた。

　何にぴんときたのかは、よくはわからない。と、そのころも、今も、みどり自身は思っている。

　何にぴんときたのか、本当はわかっているのである。自信の有無だ。夫になくて豆タンクに備わっているもの。わかっているが、わからないと思っているからみどりは、愛知教育大学に進学して、高校の数学教師になって、郵便局勤務の男との縁談に応じて、一男一女をもうけて、世間から後ろ指さされるようなことはいっさいない、良き市民生活を続けてき、続けられていた。

　夫の自信の無さは、実家で妹に会うと、いつも妹を、さびしく見るところに、もっとも出る。それはみどりを、みどり本人を驚かせるくらい冷酷にさせる。

「俺は、紫さぎりの大ファンですよ。日本一、世界一のファンですね、おそらく」

　豆タンクは、みどりに二の線で言ったものだった。

「結婚する相手はそれで充分、いや、そういう人間が欲しかったのが、紫さぎりだったんです。それを満たしてくれる相手と長期社会的契約を結びたいっていうのは、言い換えれば、ルックスにしか自信のない人の、いわば素朴な願望でしょう。紫さぎりは、そういう人だったので、俺は結婚して、その存在になりたかった」

「ちがうわ」

　みどりは喉を反らして笑ったものだった。

「パパが古くなったので、新しいパパに取り替えただけよ」

と。これは、名古屋に生まれ、名古屋大学を卒業した豆タンクには、カッとなることだった。なにカッとなったのかは、よくわからず。

男でも女でも、「アッ」とゆらぐのは、それまで、よくわからなかったけれど、なんだか気になっていたことを、ずばり指摘されるような発言や、一瞬の接触があった時である。

そういうわけで、その日、二人は肉体関係を持ってしまった。

肉体的な相性が、互いの配偶者よりはるかに合っており、秘密の関係は二年続いた。

ばれなかったのは、さぎりが、性の行為そのものにはさして欲望がなかったためと言える。多数から愛され讃えられる悦楽を手放したくないという欲望は頗る強く、その欲望に必然的についてまわる、多数から貶されたくないという恐怖心も強かったが。こうした彼女の裡（うち）の諸刃の剣を支えられるのが豆タンクだったわけで、さぎりの彼への愛情の性質は、みどりが彼に指摘したとおりだった。なれば、欲望のない行為に、姉だろうが誰だろうが、他者が短時間関わったところで、さぎりと彼の間にはさして影は落とさない。

みどりと豆タンクの関係が二年で終わったのは、二人ともセックスをスポーツとしてとらえていたからである。終わり、さらにほぼ二十年の歳月を経れば、名外科医の切開手術の縫合のように、きれいに「そういうことも、そういえばあったわね」になった。

＊＊

終わってからは、顔を合わせても、とくに避けることもなく、過去の話もしなかった。

最近は、６０８号室の、バリ島風インテリアの寝室で、サイドテーブルを挟んで並んだベッドのそれぞれに、ごろんと二人で横になってしゃべることがある。バティックのベッドカバーをはがすことなく。

何をしゃべるかといえば、気になった数独ゲームやパズルや、読んだ本や見た映画の話だ。同僚とも、配偶者とも、親とも、子とも、持つことのない、いや、持つことが叶わない、持っても本心を隠して話さねばならない、話題である。

短いあいだしゃべるだけだが、それは、みどりが書道教室の行書課程に通っていた年齢のころに、豆タンクがNHK名古屋児童劇団に入っていた年齢のころに、その帰り道、気の合っただれかと話した、その時にはとくにおもしろいとは意識せず、今になってつくづく、自分はあの時、すごくおもしろかったのだと気づくようなひとときである。

＊＊＊

αが改良イリザロフ手術を受けるために、ロシアに行くことを計画していると、さぎりはマネージャーから聞いた。

1950年代に、当時ソ連のイリザロフ医師が開発した手術は、足の脛の骨を切断し、足の下部を牽引して伸ばし、伸ばしたまま強固な金属で固定しておく方法をとる。切断されたところから骨がまた生えてくることを利用した、足の骨を延長する手術だ。

登山での事故、スポーツでの事故の治療を目的にイリザロフ医師が開発したこの手術をもとに、美容に特化して改良されたのが改良イリザロフ手術、通称、〈身長を高くする手術〉である。

「弁慶の泣き所のへんをシュッと切って、グサッと入れて、バシッと骨折って、びゅーんとくるぶしを引っ張って、そのまま監禁放置みたいにしとく手術だよね」

マネージャーはこともなげに言うが、ひゃあ、とさぎりは、両手で自分を抱きしめた。

「そんな恐ろしい手術……」

「手術はなんだって、怖いですよ。目を二重にするのだって、おっぱいを大きくするのだって、みんな恐ろしい危険をともなうもの。それでもするのは、そんなことが目に入らないくらい、自分のルックスが許せないんですよ。サーさんにはわからないかもしれないけど」

「どうして？　私だって、不満だらけよ。しょせんは昭和生まれの顔のサイズだし」

「それは、たんなる不満でしょう？　そうじゃなくて、卵の殻を割って生まれてきて籠の外に出るまでのしばらくのあいだにもらった自信がちゃんとサーさんにはある。思春期なんてものは、自意識のオバケになるから心の生キズが絶えない通り道だけど、そんなときにも無傷で通り抜けられるのはルックスそのものじゃなくて、籠の中にいるあいだにもらった自信の強度なんですよ。籠から出た後に、なにか不都合に遭って不満が出たとしても、初期の自信を元手に、不満を深みや陰影に転化できます」

紫さぎりは、だから数々の映画賞に輝いたのです、と頼れるマネージャーは言う。

「本物のクレオパトラを見たことはないですけどね――」

マネージャーは言うのである。

「――籠の中にいるあいだにね、それをもらえなかった人はね、たとえクレオパトラのようなルックスでも頭上に映画賞は輝かないです」

社会的認知とは、周囲の肯定によってのみならず、そこに本人の肯定が加わって、両者バランスがとれたときになされるものである。根本的に自己肯定できない者が、認知されることは極めて困難である。

「ミモザとαちゃんは、うーん、きっとねえ、あの人たちはねえ、たんなる情報不足ですね。明るく素直な情報不足。改良イリザロフ手術のことを、オーガニックな美容法くらいに思ってるんですよ。星エージェンシーが、ぜったい受けさせませんよ、イリザロフ手術なんて」

足の骨が生えてくるのに日数を長く要し、その間、ずっと内部装置で固定させていなければならない。内部装置を取り出したあとも、足に傷が残る可能性もある。水着、下着、準ヌード、完全ヌード、どれかの写真集を出すとしても支障がある。集中的に売り出そうというときに、星エージェンシーが賛成する手術ではなかろうと、マネージャーは言った。

「αちゃん家は、三人とも自分を肯定して、家族それぞれを相互肯定してますから、すごいですよ。ニーカイファミリーは、この先、どんどん伸びますよ、なにもサーさんが心配してあげなくったって。やだな、もう」

ポンとマネージャーに肩を叩かれて、さぎりは喉に詰まった小骨がとれたような心地がした。

「ようし、私も毎日、牛乳飲んで、骨粗鬆症予防に励むわ。私の年齢に合った役がきたら、１００％の力で臨めるように」

「そうそう、その意気、その意気」

姉のようなマネージャーは、スマホに顔を向けたまま、『シュＦ日記』に苦笑しながら相槌を打った。その等閑は、さぎりに心地よかった。

4 モデル

anti ミリセント・ロバーツ

ゥレッ　トーカバウ　サッ　ドリー　ワッ　ザッ？

オリエンタルホテル神戸のスイートルームで開いたインターネット動画は、英語で語り始めた。

《《　Let's talk about Sap Dream. What that――――》》

英語音声はボリュームダウンし、翻訳された日本語音声が被(かぶ)さってゆく。

《《　サップ・ドリームについて話しましょう。それは何か。わたしたちが夢見る活力を徐々に奪い取っていくもの。

早くもキンダーガーテンに通うころから、わたしたちは、将来の夢、未来への希望を搾り取られ始めます。

エレメンタリースクールに入るころには、わたしたちは自分がミリセント・ロバーツさんを追いかけるのはやめたほうが賢明なのだろうかと思うようになります。

はい、わたしたちは知っています。ミス・ロバーツは、たしかにがんばってくれたことを。けれどエレメンタリースクールのなかほどにもなれば、わたしたちは…………と知らされます。そして将来、………搾り取られ……サップ・ドリームです。

宇宙飛行士、ＣＥＯ、エンジニア、あなたは何にだってなれるわ、がんばれ、信じて、とミス・ロバーツは…………。ですが、………わたしたちにはついぞ目を向けてくれませんでした。なぜわたしたちは、………何世紀ものあいだ、こんなにも侮られ、嘲笑されなければならないのでしょうか。またなぜ、それをあたりまえだとしてきたのでしょうか。

わたしたちの意識が低かったからです。さあ、今こそ立ち上がり…………》

Budi9は、極薄だが画面が大きくて見やすい。イヤホン無しでも音声は8よりはるかに明瞭だ。

《 We want to put it on, too. We want to cry, too. Stop Sap dream. Stop Sap dream 》

「その団体さん……団体さんって言わないのか、モブ・アクション？ その人たちの声明って……」

私がBudi9を置いたテーブルの前の鏡には、ジュンチャンの足がさかさまに映っている。

「ウーマン・リブ……じゃなくて何リブって言うの？ あ、これもリブ、なんて言わないのか、なんとかレスか。何レス？」

「さあ……」

私はBudi9の電源を切ったが、ジュンチャンは、

「スタッ サッ ドリ スタッ サッ ドリ」

ウェブから聞こえてきたシュプレヒコールをちゃんと音程のとおりのふしで歌うように唱えながら、

「ねえ、聖ちゃん。今ごろ、こんなこと言うのはナンなんだけどね。あの時はね、ほんとは聖ちゃんには……」

ちらと私のほうに顔を向け、

「四人のだれかを演ってほしかったの。年齢なんかメイクでどうにでもできたんだから」

ベッドに仰臥して上げた両足を、自転車を漕ぐように動かす。

「そりゃ〈幸子〉はァ、谷崎潤一郎大先生の原作ではァ、主役なんだからァ……」

語尾を上げる。

「あの役はブルーリボン賞のあの人がやったとしてもさ……、でもインド人のあの監督が、あんなふ

うにアレンジしたもんだから、〈こいさん（妙子）〉なんかすごい無口で、あれじゃ〈きあんちゃん（雪子）〉なんだもの。あれだったらセリフがないみたいなもんだから、聖ちゃんが演ってもよかったのに」

役、というのは『細雪』のキャストのことだ。私は〈こいさん〉の、原作には出て来ない同級生の役だった。〈幸子〉役の大女優からの抜擢で舞い込んだ。

「私が四姉妹のうちの一人だなんて、そんな配役、通ったわけないよ」

私は高校生の時から何本かの映画やTVドラマに出た。ほとんどが、端役にも至らない、群衆A。

「そうかなあ。あの監督のならヘンじゃなかったと思うけど……。でも、あの役演ってたら弾が危なかったかな……」

ジュンチャンの足は、自転車漕ぎをやめ、次には両足そろえてのゆっくりとした上下運動になる。

「そうだね。弾に当たらないようにしないとね」

シュウーッ、シュウーッと、ジュンチャンが大きく長い息を吐く音がする。

「うん、そうだ。インド映画の『細雪』でこいさんするより、谷崎潤一郎の『細雪』に出てくるホテルに泊まるほうがいいね」

去年、改装されたばかりのスイートルームは、応接スペースを小さくかたちばかりにし、かわりにベッドルームがぐっと広くなった、らしい。改装前に泊まったことは一度もないから、私もジュンチャンもわからない。

「新婚旅行のときはね、神戸は阪神淡路の被災のあおりがまだちらほらあったでしょ。だから彦根プリンスにしたのよ」。ジュンチャンはフロントで手続きするとき、スタッフに言っていた。彼女はすぐ人と親しくなる。

「新婚旅行って、三回目のときのこと?」と、エレベーターで訊きかけたがやめた。確認しなくてもいいことだ。戸籍上はジュンチャンは一回しか結婚していない。

最初の、十ほど年上の人とは、入籍しなかったというか、できなかったのだろうし、二回目のインドネシアの人とは、「ハニーとダーリンの仲だったけど、外国人だし結婚するとなると、またお父ちゃんからこっぴどく怒られそうで」と言っていたし、帰国してからの二人は「ライトなロマンス」とのことだったから、新婚旅行なんていうふつうのことをしたのなら、現在の私の継祖父と法律的に結婚したときのことだ。

そう。ジュンチャンは私の祖母である。ジュンチャンが「怒られそう」と心配していた「お父ちゃん」というのは、私からすると曽祖父である。彼女の現配偶者と私には血縁はない。

「サトゥ、ドゥア、ティガ、ウンパッ、リマ、ウナム」

ジュンチャンは1から6までをインドネシア語で数える。だから6より先は、ドゥア、サトゥドゥアティガウンパッリマウナムで、12より先はティガ、サトゥドゥアティガウンパッリマウナム。彼女の腹筋を鍛える運動は、最多で36回で終わる。最多を数えることはあまりなく、だいたい18回。腹筋運動の次は、床に立ってエアジョギングみたいなことを2分ほどやる。やると、また大きなベッドにもどってストレッチ。ストレッチは念入りにする。

この部屋に入ったときも、ベッドの硬さをすぐに調べて、「これはストレッチがしやすそうね」と気に入っていた。ジュンチャンは実年齢にはとうてい見えない。

一昨年、安全だと話題になった、でもたいして効果がないとも話題になった、グエン医師開発のヴィエトナミーズ・リフトアップというレーザー照射の、ようするに顔の筋肉トレーニングは受けているが、それ以外は、美容外科的な手術は、何もしていない。

内側からの美容というか、何十年とケチャダンスもどきと筋トレをずっと続けてきた成果というものだ。「必死こかない」がジュンチャンの口癖である。「お父ちゃんがいつもそうだったから。それをわたしはアレンジしているのよ」と。

生年月日を記入しなければならないようなことがあると、しゃあしゃあと1965年生まれと書く。10歳もサバを読む。それだと私の父を、ジュンチャンは7歳で産んだことになる。つじつまが合わないことに気づかれ、記入した数字について尋ねられたときだけ、不意にイタリア人みたいに「マンマ、ミーア」と相槌を打って、十の位の6に二重線を引いて5になおす。「こういうとき、マンマミーアって言うのでいいの？」と私が訊くと、「シィー」と落ち着き払っている。ひとさし指を口に当てるので、日本人的に黙っていろという意味だろうが、指はすぐ離して、イタリアンにイエスという意味なのか、インドネシアンに違うのかしらという意味なのか、あやふやになるようにする。

「へーい、継続は力なりい」

栓を開けたビーチボールが押されてへしゃあとなるような声で、ストレッチを終えたジュンチャンはベッドの上で大の字になった。

「聖ちゃん、豪勢なプレゼント、ありがとうね」

手を合わせるのが鏡に映る。オリエンタルホテル神戸のスイートに三泊四日。孫から祖母への誕生日のプレゼントだ。

「聖ちゃんも横におい でよ。休みというのは休むから休みなのよ。せかせか動き回ったら休みじゃないじゃないの」

どうでもよいように誘う。せかせか動き回っていたいならそれもいいけど、くらいに誘う。

彼女の息子、すなわち私の父もこの調子だ。そんな父とうまが合った母も。

進路や結婚といった個人的なことについては、ああしろこうしろと、私も弟も高圧的な指示をされなかった。されないから重石(おもし)はなかった。重石がないから反撥もしなかった。

もちろん私も弟も、育っていく節目節目で、何かしらやらかしてきた。親の言うことに反対したりした。腹をたてたし、大喧嘩もした。部屋で布団をかぶって一人で泣いたこともあった。

しかし、芸能界で会った人に……せいぜい群衆Ａくらいの役だった私なりに会った人に……話を聞くと、他人も自分自身をも、鋏で切り裂くような反撥をしてきた人がわりにいた。行動としての反撥もあれば、コールタールのように胸の中を黒くする反撥も。そういう話を聞くと、私や弟のやらかしたことなど、反撥に入らない。


私は小さいころからジュンチャンといっしょにいる時間がたびたびあった。そのせいか、自分には、弟がいて父母がいて、祖父母がいて、祖父母にはまた父母がいたのだな、と気づかされることがよくある。

祖父母の父母の、そのまた父母や、そのまた父母となると、さすがになんだか年表に出てくる人物みたいな、数式の展開みたいな、よそごとみたいなかんじだけれど、曽お祖父(ひいじい)ちゃんと曽お祖母(ばあ)ちゃんくらいからなら、お盆のときや、お彼岸のときに、幽霊になって帰ってきてくださるという、「くださる」という敬語が形式的ではなく出るし、「幽霊」と言われても、それは怪談咄(ばなし)や怪奇画みたいな怖いものではなくて、どちらかというとコティングリーの妖精事件の写真のような、あそこまでメルヘンチックではないのだけど、どっちかといえば、あれ寄りな感覚で捉える。

私は小学生のころにリトミック教室に通った。さっき見た動画に何回も出てきた「ドリーム」ということば。それがもし、自分が望み、欲した行動や物であるというのであれば、リトミック教室に通ったのはドリームに依るものではなかった。「行けば？」。母親が勧めたからだ。彼女が教室の事務のパートをすることになり、小学生だけが家で留守番をすることにならないように。

私は商業高校に行った。簿記ができれば自分の家から通いやすいところで働けるだろうと思ったからだ。エキストラをしたのだってジュンチャンが応募したからだ。

そして、たまにそんなアルバイトが入れば、勤めを休んでジュンチャンと撮影地に向かうという勝手な行動ができるのも、私を雇ってくれている小さな会社の経営者が、継祖父（ジュンチャンの夫）と彼の娘婿だからだ。

私は家族ベースの人生を送ってきて、今も送っていて、これからも送っていくように思う。

《なぜ、あたりまえだとしてきたのでしょうか。意識が低かったからです。》

さっきの動画は悲痛に訴えていた。私は意識が低かったのだろうか。

《ロバーツさんほど頭がよくて能力あるわけじゃないのだと信じるようになる。》

私もいつのまにかそう信じて、そう思い込んで生きてきたのだろうか。

《将来、何にでもなれて何でもできると信じる活力を次第に搾り取られてしまう。これが、サップ・ドリーム。》

ドリーム。ドリーム。英単語が、私の頭の中を、夏の夜のホタルのように舞った。ミス・ロバーツの見落としを訴える団体による動画を見る前には、兵庫県養父市ほたるの里の団体による動画を見ていたのである。

「ジュンチャン、夜になったら、ホタル狩りに行こうか？」

ホテルの案内によると、何階かに昭和10年ごろの日本の里村を模した大きな部屋があって、今の季節は日没後に養殖ホタルが飛びかうそうである。

「いいね。やっぱり神戸にしてよかった。海外旅行は準備からして疲れるもん」

ジュンチャンと私以外の親戚は、小規模ツアー扱いでバリ島に出かけているのだ。ゴルフ場やプライベートビーチのあるホテルに泊まり込むのである。これも私がプレゼントした。

「わたしはもうバリ島はよい」とジュンチャンが言い、「おれはヨーロッパよりずっと行ってみたい」と継祖父が言い、すると父も、母も、弟の妻まで、ああだこうだと皆が行きたいところやしたいことを言い、結局、ジュンチャンと私と、それ以外の二つに分かれた。長々と話し合った末、ジュンチャンと私だけが神戸に来て、ほかはバリ島に行ったのだった。

「南の国なんてとこは、なにもしないでいるのがよいとこなのに、ゴルフなんて、ねえ」

ジュンチャンは、20代初めに、曽祖父の知人で、仕事でジャカルタに滞在している日本人を頼ってインドネシアに行き、その人からバリ島在住の金持ち夫妻を紹介され、その夫妻の息子がジャカルタの大学に行っていて不在になっている部屋にしばらく居候させてもらっていたことがある。

「ジュンチャンがいたころは、ゴルフ場がなかったの？」

「わたしのいた近くにはなかった。あのころは、あそこはまだリゾート地ってかんじのとこじゃなかった。わたしのいた所は海から遠かったし」

「へえ」

ヨーロッパの老舗メゾンが、大々的なショーを毎冬、バリで開催するようになったのも、言われてみれば最近のことだ。

ピピピ。フェイスパック、タイム終了の報せ音が鳴り、

「それ、便利になったね。前はシートがゴミになったもんだけどね」

ジュンチャンの声を、音を消すために身を転がせた私は背後から聞き、

「そうだね。『細雪』の撮影のときは、インドが暑かったから、美容液がしみこんだシートを顔にくっつけるパックを、まだみんなしてたっけね」

なにもかもが物珍しかったあの撮影は、もうだいぶ前のことになる。

私も仰向きになった。あいだを広くとって二つならんだ広いベッドに。

ジュンチャンも私も、部屋のチェストに入っていた、ムームーのような木綿のルームウェアを着ている。

「こんな服を着てるとバリにいたころを思い出すな。今とちがって女の子は……」

ジュンチャンは言いかけてやめ、

「婦人は……」

ジェンダー差別語にならない語に言い直し、

「あのころのバリではコ……」

顔だけ私のほうに曲げる。

「聖ちゃん、〈コブつき〉はだいじょうぶ？　差別語？」

「え？　うーん、どうなんだろう、子供がいるという状態をよくないことにしているからダメなのかなあ？」

ジュンチャンは高2で私の父を産んだ。若すぎる恋は4年で終幕し、うさ晴らしに南の島に行ったのだった。

「蔑視的表現とかって言われて怒られるのかなあ。わたしはキースのこと、蔑視してないのに」

「わかってるよ」

キースというのは、私の父である。孫の私の目から見ても、ジュンチャンはキースのよき母親だったろうと思う。

「あーあ、ウザいね差別語。いちいち」

ウザい。古い言い方だが傘寿近い婦人が使うとガーリーに聞こえる。

「『ゴレンジャー』だって女性差別、『ドラえもん』だってセクハラ、『ER』だって人種差別なんだもんねえ」

「でも、言われてみればそうじゃない？　そういうものだって疑いもしなかった長い年月への投石だよ」

私自身、さっきの動画で、自分は意識が低かったのだろうかと省みていた。

「疑いもしなかった年月ねえ……」

ジュンチャンは、しみじみ納得するときにはいつもそうするように、神妙に瞼を閉じる。開けると、また話のつづきにもどる。

「バリに行ったころは、わたしも若かったから、子供がいるとダメだ、女として見てもらえないって思いこんでた。だからキースのことも……」

ジュンチャンはバリ島にいるあいだは、息子のことを、年の離れた弟のように見せていた。ただし、ジュンチャンが、そう見せていられたと信じているだけで、「そんなこと信じてるやつ、いなかったはずだよ」と、ジュンチャンの息子である父のほうは言う。

5、6歳なら、もうしっかり記憶はあって、しかもカンは大人よりはるかにいいのだ。

「周りの大人がおれのことをジュンチャンの弟だと思っていると思ったことなかった」と父は言う。

外国語を聞き取るのは幼児のほうが敏感だ。父にバリの人がジュンチャンについて訊いているらしいときは、必ず〈meme〉（母）という音が入ったと。

「自分のことをジュンチャンと呼ばせてさえいれば、周囲には弟に見えていると思っていたんだよ。一人だけで」

順子。戸籍に記されたジュンチャンの名前。読みは「ヨリ」子。

けれど、私も弟も父も「ジュンチャン」と呼ぶし、というか呼ばされてきたし、母も結婚後まっさきに、姑からそう呼べと頼まれた。

なので、「順」に「ちゃん」という接尾語が付いているのではなく、「ジュンチャン」というひとかたまりが、そのまま私にとっての祖母を指す名詞である。

*

高沢順子。たかざわ・よりこ。ジュンチャンの戸籍のフルネーム。インドネシアから帰国後は、本籍地P市ではなく、はなれたR市で、曽祖父所有の二階建て賃貸住宅の管理人をして、一男キースのいる身で、ライトなロマンス（ジュンチャン曰く）を二回した後、現在の継祖父と結婚したのは45歳のときだった。

どちらの籍に入るか、継祖父は、離婚した前妻とのあいだの二人の娘に相談した。「好きにしたら」。

娘二人は即答した。離婚後は前妻姓になっていた二人の娘とは関係良好であった。ただ、二人とも結婚していたので、前の父親の籍がどうなろうと、あまり関心がなかった。

継祖父と前妻の離婚原因は、「夫が求めすぎるのがいや」というものだった。家事や来客への接待を完璧にこなせというモラルハラスメント的なものではなく、閨房での行為面での要求のこと。離婚後にがっかりした日々を送っていた彼が、『ほろよい歌の店・ルンナ』でカラオケもせずにぼやいたのを、「そんなの、ヒミツでうれしがることであっても、いやがる人なんているの？」とジュンチャンが、『愛してほしいSOMEBODY WANTS TO LOVE YOU』を英語で熱唱後に励ましたことが、再婚へのきっかけだった。

継祖父は三男だったので、彼が婿養子に入る形で二人は結婚した。ジュンチャンが苗字を変えたがらなかったのだ。

「だって私はせっかく高沢順子なのよ」と。たかざわ・ヨリこ、なのに、たかざわ・ジュンこ、と読める名前のままでいたがり、ごねたそうだ。父母（私の両親）から聞いたところによると。

「ねえ、キース。あなた、自分のキースっていう名前、好きでしょう？　デヴィッドより、発音しやすいし」。ジュンチャンは、父が英語を習い始める中学生になると、自分の命名センスをしきりに自慢したそうだ。

父はあやうく「出人」という名前をつけられるところだった。デヴィッドと読ませるのは苦しい。「希以寿」になって（やや）助かった。

戸籍では、父は「キース」ではなく「希以寿」の表記である。キースだのデヴィッドだのという名前をつけられそうになった父は、純日本人である。私とそっくりな平たい目鼻だちで、自分の名前を恥ずかしがっている。

子供じぶんの私は、父といっしょにいて、たまたま年配の人と名刺を交換するところに出くわすと、相手と父のやりとりの意味がわからなかった。「暴走族みたいで、どうも」。父はいつも言うのだ。言ってから「どうぞ今後とも、夜に露で死んで苦しい」と付け足す。「縁起でもない」。相手は大きく手を横に振り、あっはっはと笑う。

自分のスマホを買ってもらって、検索して意味がやっとわかった。

高校時代から私は、通行人やすぐ殺される役で、ドラマや映画に一瞬出るアルバイトをしていた。言ったとおり、卒業後に経理事務員として勤めたのは親戚の会社だったので、R市から離れた撮影地であっても、アルバイトに行くのを許してもらえた。

学校と家を往復する日常生活には、「初めて会う人」はめったにいない。いても、なにか事務的に用紙を渡したり受け取ったり、容器を返却したりしてもらったり、そんなコンタクトだ。でも私のアルバイトというのは（端役とさえ言えないほどのアルバイトだが）、それでも初めて会った相手といきなり手をつないで走って逃げるようなこともするわけだ。それだけのことでも、その人と、息を合わせないとならない。

高校生になり、アルバイトをするようになってから、私は、父があんなふうな挨拶をしていたのは、「初めて会った人」に、自分を印象づけ、「初めて会った」ときには、人ならだれでも抱く緊張を、なごませるコツだったのだとわかった。こういうコツは、母親ジュンチャンから体得したのだろう。

＊

私は今、外国のファッションショーによく出ているが、これが自分の仕事だとは思えない。前と同じで、アルバイトだ。

ＳＥＩ。これは、私がアルバイトをするときの名前である。

「どう？　ＳＥＩっての。芸能界で仕事するときは、この名前にしようよ。これなら外国の映画に出ても、ファッションショーに出ても通用するよ」。「そうだね。そうしよう」。ハハと笑いながらジュンチャンとこんなやりとりをして、つけた。外国の映画だのショーだの、そんなものに出るなどとは、これっぽっちも思っていなかった。ミス・ロバーツとする、ごっこ遊びと同じようなものだった。

私の戸籍には聖と記されている。２００２年11月13日に、Ｒ市立病院の産婦人科で生まれてすぐ名づけられた。

父は自分の希以寿に懲りて、「うめ」だの「千代乃」だの「菊子」だの、ヴェリー　トラディショナル　ジャパニーズネームをいくつも考えていた。だが、「でもジュンチャンに押し切られて聖にした」と。「お父さん、そう言ってるけど、ジュンチャンはなにも強引じゃなかったのよ」。これは母。「〈聖〉のついた名前は強そうだって、ジャンチャンが言ったの。は？　なんでよ、と思ったけど、ジュンチャンの世代なら〈子〉のつく名前を勧めそうなものなのに、〈子〉はなくて聖で、発音しやすいから、だれからも呼びかけられる。呼びかけやすい人っていうのは、受け入れてもらえやすい人だ、って」。ジュンチャンが言い、そう言われるとそうかもと、父母ともに思った。「そうね、聖っていい名前だわ。聖にしましょうよ、って、どっちかっていうとわたしとお父さんのほうが乗り気になったのよ」。

中国やインドやインドネシアといった経済大国のファッションサイトに、自分の写真とともにＳＥＩという名前が大きく出ているのを見ても、私は晴れがましい気分にはならない。

うれしくないわけではない。けれど、ねえ、ここに出てるの、私なんですよと、だれかに知らせたい気分にならない。ファッションショーに出てモデルをしている時ではない時には、している時のことを、ほかの人が知らなくてよい。

オリエンタルホテルのフロントでも、私がＳＥＩだと気づいたスタッフは、たぶんいない。気づいて、気づかぬふりをしてくれていたとも思えない。

ＳＥＩは、ジュンチャンと私が、気分転換にかぶって遊ぶ着ぐるみのようなものだ。

＊

ジュンチャンは高2までを、中部地方のＰ市で暮らした。私の家のあるＲ市からは離れていた。改装する前のその家に、私は行ったことがある。そう間を空けずに二回。父キースがバリ島にいたころと同じくらいの年齢だった。

Ｐ市は、Ｒ市より、かなり田舎じみていた。それでも駅前にはアーケードのかかる商店街があり、私は父に手をひかれて歩いて行った。

時計屋があった。

商店街だから、いろいろな店があってあたりまえなのだけれど、時計屋だけが記憶にあるのは、そのショーウインドーには、腕時計が一点だけ、真っ赤なビロードの布の上に飾られていたからである。「なんで一つだけしか飾らないんだろう」とふしぎだったので記憶にあるのだ。

時計屋の脇に、細い道があった。そこをずーっと行った先に、曽祖父母と大伯父（ジュンチャンの兄）とジュンチャンが暮らした家はあった。

急に道が細くなったことをおぼえているのは……大人になってから考えたことだが、その商店街には、途中途中にいくつかアーケードから出る脇道があったのだろう。時計屋の脇もその一つで、そこから抜けて、父はその家に向かったのだ。

「お父ちゃんのこと、おぼえてる?」。高校生のころ、ジュンチャンから訊かれて、「うん、年とってた」と私が答えると、ジュンチャンは言ったものだ。「それが聖ちゃん！　わたしがあの家から学校へ通ったりしてたころは、なんと、年とってなかったんだよ」。

あたりまえのことを、ジュンチャンは「知られざる事実が今明らかに」みたいに言うことが、ときどきある。

ジュンチャンの話や、ジュンチャンといっしょにしたこと。

それは、たいていの人には、ちっとも「知られざる事実が今明らかに」みたいなことではないだろうけれど、それが今の私に溜まっていって、外国のファッションショーに出たり、オリエンタルホテル神戸みたいな豪華なホテルで仰向きになっているのではないかなあと、フェイスパックの後の顔面指圧をしながら思った。

このホテルで、こんなふうに仰向きになっているのが、私の「ドリーム」だったわけではない。さっき見たミス・ロバーツの見落としに抗議する動画の言い方を借りれば、「立ち上がった」わけではない。なんだかここで仰向きになれることになっちゃったにすぎない。

ジュンチャンの若いころの話は、私が小学生のころに聞いたものだったり、中高生のころだったり、つい一月前のことだったりもするが、今現在、こうしてベッドで仰向きになっている私が、「まあ、こういうことなんだろう」と、ジュンチャンの「お父ちゃん」から血の繋がる者として把握している者としてまとめてみると、次のようなことである。

＊＊＊＊

父に連れられた私は、Ｒ市から急行と各駅停車を乗り継ぎ、Ｐ駅に降り立った。平成半ばであったのに、そこはもっとむかしに来たようだった。

日本中の、Ｐ市規模の町がたいていそうであるように、駅前には田畑はないが、駅からちょっと離れると、田畑と人家がまざったような一帯になる。さらに離れると、田畑の中にぽつぽつと人家のある一帯になる。

Ｐ駅から曽祖父の家まで、時計屋の脇を抜けて「ずーっと歩いていった」印象があるのだが、父キースは私の手をひき、歩いて、行ったのだから、駅からすこし離れたくらいの一帯だったのだ。

脇を抜けた時計屋が私に印象的だったのは、ショーウインドーに一つだけ腕時計が飾られていただけではない。父が「これ、オメガだよ」と教え、六、七歳の私には、それが高級ブランドのことだなどとはわからず、時計の台の「Ω」というギリシア文字を、「はっけよいする前に、地面を蹴るときのお相撲さんの足みたいだなあ」と見ていると、「ここでおじいちゃんは仕事してるんだぞ」と言い、言ったのに、その時計屋には入らずに、脇を抜けたからである。

あとでわかった。時計屋で、曽祖父はラジオとＴＶと時計の修理コーナーを開いていた。店のオーナーだったわけでも、店員だったわけでもない。時計屋の、文字通り片隅を借りていたのだ。

「〈店行ってくる〉とか〈店を開けないと〉とかって、お父ちゃんはいっちょまえに〈店〉なんて言ってたけどね。わたしも小さいころは、時計屋は自分の店のような気がしてたもんだけどね」

ジュンチャン曰く〈たんなるワンコーナー〉に、曽祖父は毎日、家から通っていた。

「でも、家を建て直したりできたとこみると、あのころ、そういうもんの修理っていうのは、そこそこ金になったようだね。軍隊にとられたときにおぼえた技術で、趣味みたいにやってただけなのにさ」

曽祖父の左目は動かなかった。義眼だった。

「爆弾でやられて内地にもどされて、通信のことさせられてたのだけど、それで戦死せずにすんだのかもね。人生、何が助けになるかわからないもんだね」

大内順子さんがTVに出てくるたび、ジュンチャンは曽祖父の目について語ったものだ。

順子という名前に親愛の情を寄せていたこともあって、大内順子さんが、モデルとして将来を嘱望されていた時に遭遇した事故のことを、ジュンチャンはいつも涙ぐんで語った。気の毒に、という涙ではない。大内順子と曽祖父は、財テクの達人だと、感心するのだ。人生には、プラスもマイナスも、いっぱいの機(キ)があって、「それをどうするかが、財テクなんだ」と。

曽祖父のことは、大内順子さんに比べると、身内なぶん、やや、ぞんざいに、語った。

「お父ちゃんは猫かぶってたのよ。修理屋のしょぼいおっさんに見せかけてさ」

自宅の立つ土地とは別に、P市にもう一つ、R市にも一つ、曽祖父が土地を持っていたことを「猫かぶってた」と言うのである。

「目立つと泥棒に遭うぞ」

これが曽祖父の口癖だったという。彼はもう爆弾に当たりたくなかったのだろう。

曽祖父の所有していた三物件の不動産について述べる。

Ｐ市の二物件のうち一つは、曽祖父のそのまた親から、長男に譲った、昔から住んでいた農家だった所。長男は結核のために徴兵されなかったが、敗戦まぎわに死んだので、次男の曽祖父が相続した。木造の古い家に、はじめは曽祖父母と、そのまた父母とで暮らしていたが、年寄り夫婦は、戦時下での結核患者の看病の影響があったのか、日本から敗戦色が薄れたころに相次いで死んだ。曽祖父は古い家を壊して建て替えた。ジュンチャンの兄とジュンチャンは、そこで暮らした。

家の造りは、四人家族が住むのに、広くも狭くもない、ありきたりなものだった。経済が成長していく日本の、ワンコーナーであるＰ市に溶け込みきった家。

Ｐ市のあと一つの物件。それは次男である自分に譲られた小さな土地で、ずいぶんのあいだ、中途半端な隙間みたいな空き地だった。

自宅を建て直した4年後、東京オリンピックが開催された年に、Ｐ市に初めてできた、スーパーマーケット（日本のワンコーナーであるＰ市に見合う規模のスーパーさの）に貸した。マーケットとして貸したのではない。マーケット自体は、だれかの土地に立っていて、そのマーケットの、たまたま隣に位置していた中途半端な空き地を、自転車置き場として、貸した。

Ｒ市の一物件は、曽祖父の母親の実家があった所だ。やはり農家であったが、そこは彼女の兄（曽祖父からすると伯父）が継いでいた。伯父の長男（曽祖父からすると従兄）は、太平洋戦争で召集され、乗っていた船が、昭和20年7月に爆撃を受けて戦死した。訃報は8月に届き、彼の両親と妻は、それが微塵も名誉とは感じられず、正直に泣いて悲しみ、わずか5日後であったことでより落胆する敗戦を迎えた。

伯父夫婦と未亡人は、家の二階部分を下宿にして三人に貸し、玄関すぐの座敷も、近所の集会所として廉価で貸していた。

経済白書が「もはや戦後ではない」とうたった年に、どういう経緯だったものか、その集会で河豚（ふぐ）が出て、それを食べて伯父夫婦は死んでしまった。「目立つことをしたわけでもないのにな」。曽祖父はひどく同情し、一人残った従兄の奥さんを助けるつもりで、土地を月賦で買い、古い家をこれも月賦で建て替え、「シーゲルハイツ」という二階建ての、当時にはどこにでもあった造りのアパートにして、その奥さんには大家としてまるまる家賃が入るようにした。

賃貸住宅経営というのは、一見、だれにでもできそうだが、そうではない。戦死した在りし日の従兄は、始終仏頂面の几帳面なだけの男であった。その奥さんというのは、舅姑（従兄の両親）が「あれの木偶（でく）の坊をよう補ってくれるじゃろ」と、請うて隣村から嫁にした婦人で、計数に明るく、よく気が利いたのだ。

オリエンタルホテル神戸の部屋で靴を脱ぐまで、私はそのアパートの名はドン・シーゲル（Don Siegel）監督のシーゲルだと思っていた。曽祖父は映画が大好きだったと聞いていたからだ。

「ううん。そんな外国人の監督、お父ちゃんは知らないわよ。チャンバラしか見なかったもん」

ベッドの上での筋肉トレーニングをする前に、ジュンチャンは言った。

「アパート建てたころの総理大臣からよ。吉田茂のシゲル。シゲルハイツだとなんとなく言いにくいからシーゲルってのばしただけよ」

ジュンチャンの命名のセンスは親ゆずりだったのかと納得できる曽祖父は、締まり屋だった。とはいえ、吝嗇（りんしょく）ではなく、堅実派とでも呼んであげるべき域であった。ジュンチャンと、ジュンチャンのお兄さん、ふたりの子供の誕生日にはプレゼントを忘れなかった。

『悲しき初恋』。

15歳の誕生日に、ジュンチャンはこのレコードを買ってもらった。

「あのころはラジオを夜中に聴くのが、若者の流行だったの。お父ちゃんがラジオ直し屋さんだったから、お兄ちゃんもわたしも、小6の誕生日にはトランジスタ・ラジオを、それぞれもらってたの」

東海ラジオのリスナーには森本レオの人気が沸騰した。

「聖ちゃんなんかにしたら、あの人のことは、ほっこりおじいちゃんのイメージしかないだろうけど」

かつては無礼でドライな現代青年の代表だったのだそうだ。

「全学連のころだったけど、だから、全学連のころには、全学連とかさ、そういうのやってるのってバッカみたいじゃんっていうのも、片っぽうにあったのよ。そういうのがまた、かっこいいっていうふうなのも、あったのよ、それよ」

ノンポリの声。森本レオの声を、ジュンちゃんはそう言う。とはいえ、彼がドーナッツ盤を出していることを中学生が知るほど、当時の情報は、伝播スピードが速くなく、得方(えかた)も簡便ではなかった。

「あの人の声っていうのはねえ、ちょっとさびしそうなの。彼の担当の日はぜったい聴いたの。顔知らなかったのよ。今みたいに電話機で顔調べられなかったもん」

電話機で調べる、というのはスマートフォンで調べることを言っている。

「声がよくて聴いたのよ。レオさんってほんとに声がよくて。あの声で、〈じゃ一曲、パートリッジ・ファミリーで『悲しき初恋』を〉って、かかった曲が、もし森本レオが英語でうたったら、こんなかんじだわって歌だったのよ」

　パートリッジ・ファミリーのボーカル兼ギターがデヴィッド・キャシディで、『人気家族パートリッジ』というTVドラマの劇中歌だった。

「ホームドラマだから明るい曲かと思うかもしれないけど、聖ちゃんも電話機で調べてごらんよ。ちょっとさびしそうな曲なのよ。だから〈悲しき〉って、くっつけたのね、きっと」

　熱心に聴いていた森本レオの顔はわからなかったのに、異国人であるデヴィッド・キャシディの顔は、調べられる電話機がない時代にも、すぐにわかった。

　近所に住む、同じ年齢（とし）ごろの少女たちと、それぞれの家を行き来しては、少女向けの雑誌を貸し合っていた。ジュンチャンがとくに親しかったのは、もっちゃん・りっちゃんという姉妹。姉のもっちゃんさんとは、二人とも小塚（いいい）せん先生に受け持ってもらったことがあったことで、とりわけ仲がよかった。

　もっちゃんさんから借りた『別冊セブンティーン』にDXピンナップと銘打たれてキャシディの綴じ込みグラビアがついていた。

「もっちゃんは、サジッド・カーンのほうがいいって言ってたけど、わたしは断然、デヴィッド・キャシディだった」

　こういう話をするとき、人の顔は少女の顔にもどる。皺やたるみが消えてしまう。消えていないのだろうが、ポートレート撮影に使う下からのレフ板やボックスライトを当てたようになる。

「初めてグラビア見たときね、きゃあって。一目見て、きゃあって。白い馬に乗って、わたしの住んでるPの家の二階の窓の下まで迎えに来てくれる顔してた」

父が名前を〈出人〉にされかけたのは、このアメリカ人のせいである。

今は亡きキャシディ氏に一目惚れした話をジュンチャンから聞いたときというのが、私が中1の誕生日のプレゼントにiPhoneを買ってもらった日だった。まだBudiは発売されていなかった。だから、私の初検索ワードは〈象　カーン〉、次が〈パートリッジ・ファミリー　デヴィッド〉だった。

その時、スマホ画面に出てきた彼の画像は、人気最高潮時のころのものと思しく、レイヤーの入った髪を長めにカットしていた。彼の人気は、そのヘアスタイルではなく、焦げ茶色という、日本人に親近感を抱かせる髪の色みにあったのだろう。

女性週刊誌に〈許してよかったこと、後悔したこと〉という特集が組まれたとジュンチャンから言われ、私は矢継ぎ早に質問した。

「許す?」。「何を?」。きょとんとした私にジュンチャンは答えた。「そういう時代だったのよ。万博前ってのは」。

埴輪(はにわ)や貝塚のあった時代だとか、フジワラシ(藤原氏)が偉かった時代だとか、お城にお殿様がいたような時代だとか、文明開化で鉄道が走った時代だとか、兎を追ったり小鮒(こぶな)を川で釣ったと文部省唱歌で歌われるような暮らしをしていた時代だとか、そんなふうな昔だとかえって学校で習うが、学校でもらう教科書の年表には出ていないていどの昔のことは、検索しても、ほとんど出て来ない。

そのころをリアルに生きていた世代（ジュンチャンの世代）のほとんどは、インターネットが使えないからだ。なにを思い、なにを感じたか、インターネットに投稿されているのは、インターネットに慣れた世代の、今のワタシと今のオレが思って感じること。今のこと。

私が聞きたいのは、私が知らない以前のことを体験した人が、今ふりかえって、思い感じていることだ。なのにインターネットにはほとんど投稿されない。

せっかくスマホを持っているのに、その高性能な機械を使うのは、孫の様子を教えてもらったり、孫の世話を頼みたいという連絡をもらったり、病院や役所の福祉課へ連絡をしたり、コミュニティーセンターの第二集会室で火・木に集まる〈いきいきヨガ教室〉の参加者と連絡をとったり、つまり、孫と病院と軽い運動の三種の連絡をとるだけ。めずらしくスマホを使って自分を語っている人がいても、自分ではなく自分の孫と自分のトイプードルのことだ。

教科書には載っていない、(とるにたりないことかもしれないけど)その人には深刻だったこと、(多くの人は知らないかもしれないけど)その人には世界一有名だったこと、その人にもあった子供のころの不安や、妙齢のころのときめきや、勤めていたころのふんばりや、それにそれに、もっともっと、なんでもいいから、そのさなかには目の前にいっぱいでがなりたてるしかなかったことを、その人に贈られた歳月の威力で、静かに語ってほしいのに、それが聞けたら、まるでタイムマシンに乗ってのガイド付き旅行のようなのに、ジュンチャンの世代の人は語ってくれない。「さあ、どうだったかしら」「えーと、どうだったかな」。語るようなことではないと謙遜しているのだろうか、隠したいことがあってごまかしているのだろうか、それとも本当に脳の記憶の機能として忘れているのだろうか。

だから私はジュンチャンに訊いたのだ。女性週刊誌の〈許してよかったこと、後悔したこと〉という特集は何のことなのかと。

「許すってのは、そりゃ、セックスよ」。ジュンチャンは、次の旨、答えた——。

大阪万博を迎えようとしていたころの日本の、経済的に困窮していない家庭の、ティーンガールの大半は、キスやセックスどころか、二人だけで喫茶店でコーヒーを飲むこともしたことがなかった。

男女が校外の、同時同所で飲食するとしたら、複数でのハイキング、季節ごとの地元の祭り、安保反対の署名運動に参加してくれないかという勧誘後、くらいしかなかった。

困窮していない家庭の者でありながら異性との交流に肉体的なものが介入するのは特別な不良女子だけ、という観念に閉じ込められていたこの時代のティーンガールであったが、しかし、フジワラシが偉かった時代にも、大阪万博を迎える時代にも、そして現代も、ティーンガールというものは、肉体的なものが介入する交流に関心があってあってあってたまらないのである。

そこで空想しかける。だが、実体験を想像すると罪悪感に苛まれる。ただちに（自分で）ブレーキをかける。（自分が）ブレーキをかけた、と気づかないでいられるような陽気なティーンガールは、罪悪感に苛まれないよう、ただちに空想内容を、明るい公園を散歩して、ほかの客と相席で観覧車に乗るといった内容にアレンジする。

陽気なティーンガールの、巧みにアレンジされた空想の中の相手としては理想の風貌を、デヴィッド・キャシディはしていた。

外国人であることがまた、自らの奥底にある欲望を見ないですむ現実味の無さを与えてくれ、よけいに理想的だった。ロサンゼルスからP市まで白い馬に乗って駆けて来てくれるような空想は、現実味がなくディテールがまるで浮かべられない。それゆえに、ティーンガールは、亀頭や小陰唇などといった現実のディテールには、国宝「観楓図屏風」のように雲だか霞だかをたなびかせ、安心して理想のルックスの異性と散歩して観覧車に乗れた。

ニンギャウをビャウキニナッタことにして、マサヲサン扮するオトナノ帽子をカブッタオイシャサマを呼ぶ花子サンの出てくる國語讀本の挿絵に描かれるような生活をしていた時代のティーンガールとはちがって、すでにアポロが月面着陸を成功させていたこの時代のティーンガールは、雲だか霞だかがたなびいている部分が、たとえ空想のデートであっても、デートでは肝心な部分であるのを、すでに知っていたが、決して雲霞を払いのけようとはしなかった。罪悪感に苛まれたくないという防禦心が強力に働くのだ——。

では、ジュンチャンの防禦心だが、彼女の防禦心は、この時代のティーンガールにしては、ちょっぴり弱かった。雲霞を払いのけるほど弱くはないが、隙間からちょっと見えないかしらと近寄るていどには弱かった。というのは——

＊＊

——『悲しき初恋』のレコードをジュンチャンが買ってもらったころのP市の、アーケードのある商店街に、『アラマサ』という洋品店があった。

商店街と、駅をはさんで反対側のスーパーマーケット（曽祖父が土地を駐輪場に貸していた）には、『アラマサ・PartⅡ』というコーナーもあった。店内ショップではなく、パーテーションで仕切ったようなワンコーナーが。

戦前には荒木昌（しょう）輔さんから店を継いだ長男の、國語讀本のマサヲさんとはちょっと字のちがう昌（まさ）男さんが経営する呉服店『荒昌』だったのを、戦後に昌男さん長男の昌（しょう）一さんが洋品店に様替えしたのが『アラマサ』だ。

昌一さんの長男、昌（まさ）司さんも、成人後は『アラマサ』を手伝っていた。昌一さんの次男は、これは名前に「昌」が付かなくて、裕司さんといった。

商店街組合の寄り合いでは、昌男爺さんは「下のほうの孫」を贔屓にしとるだがや、と年寄り連中からからかわれていたが、その贔屓にされている裕司さんが、祖父にねだって出してもらったのが、『アラマサ・ＰａｒｔⅡ』である。

「デニムなんて言わなかったわ。あのころ、みんなジーパンって言って、書くのだって、ほら」

「Ｇ」をひとさし指で中空にジュンチャンは書き、Ｇパンだったと。

「『アラマサ・ＰａｒｔⅡ』はＧパン専門店だったの。ＧパンとかＧパンに合うシャツとか靴とかベルトとか売る店。聖ちゃんにはわからないかもしれないけど、Ｇパン専門店っていうのは、ｉＰｈｏｎｅとかＢｕｄｉの店みたいなものだったの」

インターネットが普及する前、大都市と小さな市の差、町と村の差は、普及後とは比較にならないほど大きかった。この話は小さいころから私は九九ほど繰り返し聞かされた。

「商店街にある『アラマサ』さんにもＧパンは売ってたのよ。それこそデニム生地だったと思うの。でもなんだか近所のおっちゃんたちが雨戸を直したり、日曜に町内会のどぶ浚いに出たりするときに穿くようなズボンを、そのまま生地だけデニムにして縫ったみたいな。Ｇパンって書いて売ってるけど、ファッション雑誌で秋川リサが穿いてるようなのとはちがうの」

比して『アラマサ・ＰａｒｔⅡ』は、LEVI'SやEDWIN、Leeといった大手のジーンズメーカーの製品だけを取り扱っていた。

「すごくおしゃれだった。ジーンズ専門店というのもだけど、わたしはね、〈ＰａｒｔⅡ〉ってのに、わあって思ったの」

呉服商荒木家の、下の孫の店の名前が、15歳のジュンチャンには響いたらしい。

「あのころはさ、若者向けのものには、たいてい〈ヤング〉ってつけたのよ。チョコレートでも、一番人気のスターに、ヤング森永って叫ばせてたんだから。

だから、あれが荒木さんとこの、お兄さんの昌司さんだったりしたらさ、〈ヤング・アラマサ〉にしてたわね、たぶん。でも、それじゃ、だめなのよ。それじゃ、一歩先をイッてない。キュンとするものがないわ。

といってbranchなんてつけたら、あのころのP市の人たちには、なんのことかわかんない。今だってわかんないわよ。正確なことが必ずしも正確なわけじゃないのよ。

そこで〈ＰａｒｔⅡ〉よ。よく思いついたわ。それも〈パート2〉にはしなかった。オールドには読めないけど、ヤングには読めるくらいの、ちょうどよさ」

そういうわけで、そのころ町いちばんのおしゃれな店『アラマサ・ＰａｒｔⅡ』で、ジュンチャンはLEVI'Sのミニ丈のサロペットスカートを買った。Ｇパンではなくスカートを勧めたのは、名案の店名をひねりだした荒木裕司さんだった。

この人が、血縁からすれば私の実の祖父で、キースの実父である。この経緯は、

「せっかく足がまっすぐなんだからスカートのほうがいいよ」

という、ひとことから始まった。

「だって、面と向かって褒めたのよ」

ジュンチャンは諄々(じゅんじゅん)と説く。

「私が『アラマサ・ＰａｒｔⅡ』に行ったころなんてのはね、日本中の男の人はね、全員が、女の人

の外見を褒めなかったの。身内となったら愚妻だ愚息だと謙遜するようにって教えられた成果だかなんだか、身内じゃなくても、恋人でなくても、そのへんの人でも、女の人の外見を褒めたら、たちまちくも膜下出血をおこして死ぬって、みんな信じてたの」

まさか、と冗談半分で聞いている顔を私がしたのか、

「ほんとよ！」

ジュンチャンは声を大きくした。

「ほんとよ。今だってそうじゃないの。日本男子の伝統よ。女の外見を本人に褒めないのは。あのころにはね、すなおに褒めそうになると、ぎゅっと爪たてて自分の唇を挟んでたんだから。

そりゃ、足がすてきだ、だったらセクハラかもしれないわよ。すてきは主観的な感想だもの。でも、足がまっすぐ、ってニュートラルじゃないの。ニュートラルなことを、面と向かって褒めたんだよ。ハラスメントじゃなくて礼儀正しい褒め方じゃないの」

礼儀をもって接することさえ臆してしまう日本の男には、きわめて珍しい勇気ある発言としてジュンチャンには『アラマサ・ＰａｒｔⅡ』店長のことばは響いた。そして、その勇気ある発言をした荒木裕司さんを、日本人ばなれしている、と見せた。当時、日本人ばなれしている、日本的ではない、というのは、そのまま、先鋭的であるとかセンスがいいとか進歩的だとかいう感覚とイコールだった。

鹿鳴館だった。

裕司さんのほうは中3のジュンチャンのことを、Ｐ駅から私鉄電車でちょっといったところにある商業高校（後の私の母校となる）の3年くらいかなと思った。そんなに顔をしげしげ見なかった。『アラマサ・ＰａｒｔⅡ』の客は9割が男客で、1割の女客のうち、若い客は、その商業高校の、卒業後の

就職先が、デスクワークではない職種に内定している女子生徒が多かった。自分がひごろよく接触する客層から、なんとなくそう思ったていどで、そもそも何歳くらいだろうと考えもしなかった。あとで本人から聞いたところによれば。

Ｐは小さな市だが、だからといって住民全員が互いに知り合いではない。商店街に時計屋があること、その時計屋の中にラジオも直してくれるコーナーがあること、『アラマサ』という洋品店があること、その姉妹店みたいなＧパン屋があることは、「みんな」が知っていても、時計屋の店主の顔、洋品店の店員の顔は知らない。

たとえば時計屋に行き、時計屋のカウンターにいれば、時計屋の店主だと認識する。たとえば『アラマサ』に行き、そこで服をとってくれれば、『アラマサ』店主か店員だと認識する。パン屋に行き、パン屋で見れば、パン屋の人だと、八百屋に行き、八百屋で見れば八百屋の人だと。しかし、そこではない場所で、そこで会うときにいつも身につけている白い上っぱりだの、黒いアームカバーだのではない洋服と髪形で会えば、どうだろうか。人の顔をよく見る性質の人間でないかぎり、気づかないのではないか。

自分の通う学校の、自分の所属するクラスの××くん、〇〇ちゃん、のように、その人と自分が、自分の暮らしの中で接する（あるいは過去に接した）相手でないかぎり、人というのは他人の顔など、さしてよくおぼえていないものだ。

ところが、ひとたびなにかが起きると、なにかを起こした人について、その人の親、祖父母、ひょっとすると曽祖父がだれで、どこに何年住んでいたか、どこからいつ来たか、どこに勤めているか、「みんな」にすぐにわかってしまう。小さな市にある町とはそんな場所なのである。

にもかかわらず、ふだんは、互いが、存外、どこのだれとは気づかないまま接触している場所なのである。

＊

荒木裕司さんはジュンチャンより9歳上で、すでに2歳になる女の子がいた。P市の北を走る幹線道路沿いのガソリンスタンドで働く妻は2歳年上だった。祖父に可愛がられた高3男子には20歳の小娘は、もとい成人女性は、大人のお色気むんむんに映ったのである。早い結婚だった。

ジュンチャンは裕司さんを独身だと思っていた。彼は目が大きく、茶色がかった髪をデヴィッド・キャシディのようにレイヤーを入れて長めにカットし、ヤングに人気の、町いちばんのおしゃれなGパン専門店にいるのである。そんな男性のことを、中3の、毎日学校に通学する生徒は「このヒト、結婚しているのかしら、どうなのかしら」などと考察したりしない。自分が独身だから、独身なのが身の回りで出会う人のデフォルトなのだ。入籍だとか子育てだとか月々の収入だとか、雇用されている側なのかする側なのか、そうしたことは、この年齢の人間にとって外にある事項である。自分がそういうことの外にいるのだから。

裕司さんはジュンチャンにはただ、同級生男子とはちがう大人の男、と映った。何をもって大人なのか、そんな実質は外にある。自分が大人になったことがないのだから。

LEVI'SやEDWINの正規商品は、生徒（注・大学以上が学生、中高は生徒、小学は児童）には高額である。曾祖父（ジュンチャンの父）は、息子にはきつめで娘には甘めの、現代でさえまだ継承されている、世間に多く見られる例の父親であった。だが、あくまでも「め」の域で、常識を逸脱して甘くはなく、挨拶や帰宅時間や家事手伝いについては厳しめだった（私の父キースも、それを受け継いでいる）ので、ジユンチャンは『アラマサ・ＰａｒｔⅡ』にいりびたるようなことはせず、それは店側にしてみれば、「お得意様」ではまったくなかった。中間試験や期末試験の終わった日に、店には入らず、前から中をちょっとのぞいてみるていどだった。ただし、家でいったん制服を、サロペットスカートに着替えてから。

当時のＰ市でLEVI'Sのサロペットスカートを着ているような若い娘は、そういないから、店内にいる裕司さんは、ジュンチャンが店の前を通りかかれば、「ああ、あのとき買ってくれた子だな」と気づくくらいには顔をおぼえていた。

急接近したのは、ジュンチャンが高校生になってからの夏休みである。急接近の時期として、よくあるといえばよくある時期である。夏のできごとだ。

一学期の期末試験の終わった日。ジュンチャンは『アラマサ・ＰａｒｔⅡ』で、今度はサロペットのついていないスカートを買った。店長、裕司さんは、当時「ホットパンツ」と呼ばれて流行っていた白い半ズボンを勧めたが、試着室で穿いてみると、あまりに太腿がむきだしで気後れした。「どうですか」。試着室カーテンの向こうから店長の声。「えーと、うーんと、これはちょっと。もうちょっと、なにかないですか」。「じゃあ、これなんかは」。店長が別商品を持ってきて、ジュンチャンは、カーテンを開けて受け取った。

店長が持ってきたのは、ミニはミニだが、穿いてみると、そのへんの人がみな穿いているくらいの丈で、かわりにシルエットがちょっとタイトなので鏡の中の自分が大人っぽく見えた。それにした。

ホットパンツは売らなかったが、ホットパンツを試着したジュンチャンのすがたは、ほんの数秒だったが、店長は目にしていた。

私が端役で出た、インド人監督によるインド・日本合作の『細雪』はBAFTA（British Academy Film Awards）撮影賞と監督賞の二部門を受賞したのだが、知り合いという知り合いに声をかけたジュンチャンからの招きで、東京での祝賀会には裕司さんも来て、このときの試着室でのことを聞いた。

「あのころはビキニの水着の女の子の写真が多い男向けの週刊誌のモデルだって、O脚なのが珍しくなかったんだ」と。「そういうもんだったころなんだ。八重歯といっしょで、外国人はゲッと思っても、日本人は愛嬌として見てたじゃない。そんなころだったんだよ。でもさ、ジュンチャンの足は、まっすぐにのびていた」と。

伊万里焼や九谷焼を鑑賞するような裕司さんの言い方だった。「今日見たインド人監督の映画の、ほら、銀行員の娘の役をした二世タレントは、21世紀生まれでもチョイO脚じゃん。21世紀生まれでもああいう足の子、よくいるのに、あのころに、ジュンチャンのホットパンツ姿は、ほんとに感心した。いやらしい気持ちじゃなくて、まっすぐなので感心したんだよ」。

そんなふうに感心していた裕司さんは、感心した夏に、ボウリングに行っていた。

8月後半だった。ドルが変動相場制になった。

これが、妻子ある9歳年上の男と、女子高校生が、セックスをするのにどう関係があるか？　ぼやきが発端だった。

「たった20歳の大人の女」のお色気むんむんに眩（くら）んで、同級生の中ではごく早くに既婚者となった荒木裕司さんは、いっしょにボウリングに行った連れが、家計や子育てに追われもせず、いかにも無責任にプラプラしているのがふと羨ましくなった。プラプラしていても許されるのがふと腹立たしくなった。

そこで言った。「ドルが変動制になったんだぞ、これからは経済の動向を見据えないとな」。自分の社会人としての優位性を示そうとしたのだが、他の2人の連れは、次の投球でいかに多くのピンを倒すかだけに夢中だったので、自分が望んだようには示せなかった。チッと舌打ちしたくなった。が、しなかった。かわりにちょっと首を、連れのいる方とはちがう方に向けた。

と、隣のレーンに3人の女がいた。自分ら3人よりはちょっと年下くらいに見えた。スコアのつけ方に悩んでいるようだったので、裕司さんは、今度こそ、優位性を示せ直せるかと「なにか、トラブル？」と声をかけた。これがきっかけで、隣同士のレーンの6人は、ボウリング場内においては仲良くなった。このうち2人が、ボウリング場外でも仲良くなって、進展した。

残り4人は場外でまではなぜ仲良くならなかったのか？　女2人の防禦心が働いたからである。場外でも仲良くなった2人というのは、女1の防禦心が弱かったからである。この女1がジュンチャンだ。

女性週刊誌の〈許してよかったこと、後悔したこと〉特集なら、〈許した派〉に分類されることになるわけだ。

この分類にかぎらず、なにかを分類するということは、乱暴にしないとできない。他者からの質問に答える行為と同じだ。他者に自己の裡（うち）を伝えるときというのは、ほんのほんの一部分であっても、そのほんのほんの一部分以外は、乱暴に捨てなくてはならない。それができなければ、かえって他者にも自己にも迷惑をかける。ときに、一寸の伝達に五分の乱暴もふるえない人、というのがいて、そういう人は「ぐず」と言われる。

ドルショックのころのジュンチャンはスタンダードなＪＫだった。日本全国にあるような小さなＰ

市、そこに溶けきった外観と広さの家。そこに住むスタンダードな家族の一員だった。

ボウリング場でしゃべったとき、他の4人より、たまたま、荒木裕司さんとジュンチャンは互いについての情報量がわずかに多かった。店と客として、既に互いが顔を知っていた、というほどには。

しかし、たったそれだけで、急進展することもあるのがエロスジャンルである。需要（demand）がおこり（occur）、それを供給（supply）してくれそうな、小さなきっかけ、がおこれば（occur）、すみやかに進展してしまう。とくに夏場は。冬場はたくさん衣類を身につけているが、夏場は少ない。「んな、アホな」くらい、きわめて単純なきっかけが進展させるのである。

ジュンチャンの妊娠により、2人は同居した。出産も、同居先の町の病院でした。生まれた男児は希以寿（キース）と名づけられた。

「デヴィッド・キャシディは『パートリッジ・ファミリー』で長男だったの。キースっていう役名だったの。だからつけたの。デヴィッドより日本的でしょ」

ジュンチャンが私にそう言ったときは、父キースが生まれてから四十余年経っていたので、「たしかに出人よりは」と私も笑ったが、四十余年前は、もちろん、だれも笑わなかった。

ジュンチャンと裕司さんの交際と、交際がもたらした妊娠は、曽祖父母にとっては失神しそうな事態であった。『アラマサ』の店長夫妻にとっても。幹線道路沿いのガソリンスタンドのオーナー夫妻にとっても。そして、その娘（裕司さんの正妻）にとってはもっとも。げんに彼女は失神した。

『悲しき初恋』。

この歌のタイトルは、ジュンチャンにとってというより、ジュンチャンの周囲の人にとっての心情であろう。

＊

周囲を悲しくさせた事態は、歳月を経ればむろん、経ずとも、視点さえロングにすれば、「世間にはよくあること」である。

出産に至るまでの経緯としてはこうだ。

まずジュンチャンは高校を中退。理由は「体調不良のため転地療養」。どこに転地したかといえば、P市よりはるかに人口の多い名古屋市だ。

名古屋市の中心地ではなく、ぎりぎり市内というあたりであった。シーゲルハイツの管理人になった件（くだん）の奥さんが、栄荘というアパートに空室アリの情報を得、曽祖父に教えてきた。「105号室がちょうど空いてましてね、四畳半と二畳の台所の間取りで、お風呂は銭湯になりますが、そこの大家さんがおっしゃるには、東南角で日当たりと風通しはよいらしいですよ」。

シーゲル夫人の情報どおりだった。日当たりと風通しは住生活においてはきわめて大事だ。105号室は、質素なことでかえって愛の巣感を増した。数年の同棲であったが、この間、ジュンチャンは、自分が結婚しているものと思っていた。市内中心地にあるメルヘンチックな教会で二人だけの結婚式を挙げていたからだ。

騙されていたといえば騙されていたのだが、裕司さんからすれば、正妻と子供に対する責任から、離婚することはできなかったのである。ボウリング場で、プラプラしている同級生をふと羨み、ふと腹を立てたことで、おこった（occur）需要（demand）は、彼にさらに倍の羨みと腹立ちを、同級生に対して抱かせることになった。

同棲中、家賃も光熱費も曽祖父が負担していた。食費のみ裕司さんが負担していた。

そこで、裕司さんの正妻は、裕司さんが食費を入れなくなったぶんを、ガソリンスタンドオーナー（正妻の父）に代わってもらった。彼女もまた、家業手伝いの自宅住まいであった。ガソリンスタンドオーナーは、わが娘とわが孫かわいさに、よっしゃよっしゃと面倒みた。裕司さんのことは、「希代のクソガキめ」と言った。

名古屋市とP市は離れているので、裕司さんは名古屋市内のブティックに職を得た。『アラマサ・PartⅡ』は兄昌司が店長になった。

栄荘105号室のちょうど真向かいに、木造モルタル二階建ての家が立っていた。玄関口にニワトコの木のある勤め人の家で、ニワトコのそばの門柱に木製の箱が取り付けられていた。木箱は黄色く、森永牛乳と赤い字で書かれてあり、森永ホモ牛乳が配達されるかちかちという音で、ジュンチャンは毎朝めざめた。夜中にキースの夜泣きに何度か起こされることがあっても。

布団から抜け出ると、105号室でも、朝のばたばたがしばらくある。夫が出勤、妻が専業主婦、小さな赤ん坊がいる、という家庭が、朝に必ずしなくてはならないことを、ばたばたとする。高3の年齢であるジュンチャンだったが、学校の勉強より、どこかままごとをしているような新婚生活のほうが、退屈がなかった。

朝のばたばたが一段落したころ、真向かいの家の婦人が配達される2本の森永ホモ牛乳のうち1本を持って、栄荘105号室にやってくる。「あんたのお父さんには、姉さんがずいぶん世話になったからね」。

森永ホモ牛乳の婦人は、シーゲル夫人の妹である。連日、ジュンチャンの子育てを手伝ってくれた。週末には曽祖母（ジュンチャンの母親）も手伝いにP市からやってきた。

すると週末には、裕司さんは、曽祖母と入れ代わるように、P市に泊まりがけで行った。ガソリンスタンドにいる正妻と子供と過ごした。

「兄ちゃんにまかしといただけでは『アラマサ・ＰａｒｔⅡ』が田舎じみたセンスになってしまうから、週末はおれが店に出る」。これがP市に行く理由で、未入籍の未成年妻は信じていた。

「会えない時間が愛を育てるから」

と言って、同棲アパートを出て行く裕司さんは、キースを抱っこしたジュンチャンといっしょに道を歩いていると、すれちがう人から郷ひろみに似てると言われることがよくあった。彼は、土日を過ごしたガソリンスタンドを出る月曜の朝には、正妻に同じことを言っていた。

郷ひろみが『よろしく哀愁』をヒットさせたこのころからである。ジュンチャンが自分の名前の「順」を、ヨリではなくジュンと呼ぶことに拘るようになったのは。

甘いマスクのデヴィッド・キャシディが好きだったのだから、目鼻だちが似ているわけではないが、甘い雰囲気が似たマスクの郷ひろみも好きだった彼女は、彼が主演するTVドラマの出演者に「高沢順子」という名前を見つけたのだ。キースを抱いて行った歯科医院の待合室においてあった郷ひろみ表紙の雑誌を繰っていて、高沢順子の生年まで自分と同じで、高校を中退しているのも同じであることを知った。

このころ、「ドラマで高沢順子と郷ひろみのキスシーンがあるらしい、許せない」と怒った膨大な人数のファンがいて、そのうちの一部がテレビ局に脅迫状を出す事件がおきた。局と番組演出家は対策として、二人の口が接近するまでのシーンとした。

「べつに高沢順子は何も悪くないのに。高沢順子は台本の役を演ってるだけなのに」

弁護したい気持ち、応援したい気持ちで、ジュンチャンは自分の順子をジュンコだと読ませたい気持ちが大きくなったようだ。

「甘いマスクだけど、根性まで甘い子になってほしくない」。ジュンチャンはキースについて思い、栄荘から歩いて行けるところにできたばかりの公立幼稚園に入園させ、団体生活をさせようとした。

さっそく手続きだけでも準備にとりかかろうとして、自分が戸籍上は妻ではないことを知った。栄荘105号室では、さまざまな物（アルミの灰皿、座布団、クッション等）が中空を飛び、号泣が、森永ホモ牛乳をとっている家にまでも聞こえる騒ぎになった。

騒いだ結果、ジュンチャンは外国に行くと言い出した。いやなこと、つらいことがあって外国に行く、というのは世の中にはよくあることである。まっさきに曽祖父が賛成した。

曽祖父は軍隊時代の知人に、娘と孫がしばらく住めそうなところを探してくれないかと頼んだ。「P市で娘について何か訊かれるようなことがあったら〈外国へ留学させることにしましてな〉と言えるな」と思ったようだ。

その知人が住んでいたのがジャカルタだった。ケマヨラン空港に、その人は迎えに来てくれた。インドネシア人夫妻を伴って。

その夫妻はバリ島在住の金持ちであり、その夫妻宅に住むことになったのは、先に述べたとおりである。

ジュンチャンは一年半ほどで帰国した。名古屋市から「シーゲル　シス」との訃報が入ったからだ。

計数に明るく優秀なアパートの管理人だったシーゲル夫人は、女性の外見を褒めまくったのかくも膜下出血で急死してしまったのだ。ジュンチャンは彼女と話したことはないに等しく、曽祖父（ジュンチャンの父）が彼女から金の工面などの相談を受けて訪れるおり、いっしょについていってその時に、顔を見るだけだった。けれどジュンチャンはシーゲル夫人の訃報を受け取るなり、南の島の一室で泣きつづけ、帰国を決めた。「だって、結婚したらすぐに旦那さん、兵隊にとられて、もうちょっとで戦争終わるっていうときに爆弾で船が沈んで死んで、子供つくるまもなくて、お舅さんとお姑さんの世話してたら河豚で死なれて、そんでそのあとは再婚もせずにずっと一人でアパートの管理人して。きっとアパートの店子のこと、子供みたいに思って親切にしてたのよ。それなのにくも膜下出血なんかおこして。なんなの、未亡人って。ずいぶんじゃないの、未亡人って。なんなの。未だ亡くならぬ人だなんて。カラオケスナックにでもいって、だれか、デヴィッド・キャシディや郷ひろみほどでなくても、そこそこハンサムな客にウインクでもして再婚すればよかったのよ」。

帰国したジュンチャンがシーゲルハイツの管理人をすることになった。

シーゲル夫人が賃貸住宅管理人の下地を作ってくれていたのを、ジュンチャンは持ち前のスピーディな環境適応の才で、器用に真似し、キースを三カ月遅れ（一学期遅れ）で、R市の公立小学校に入学させた。

一学期遅れの父は、「外国からの転校生」になった。二学期の始め、教室に入ってきたキースを、担任の先生が、

「家の人のご都合で外国に住んでいた高沢希以寿くんです。日本に帰ってきたので、今日からみんなのお友達です」

と紹介したからだ。キースという名前は「外国からの転校生」ということを小1児童に納得させた。

「あのころはね、外国というのは、西谷祥子先生とか本村三四子先生の漫画の観念だったの。外国っ

ていったら、ジェシカとかリッキーとかが住んでるところよ。だからキースはぴったりだったのよ」

小1の児童たちは、アニメや玩具や、それに転校生といった、刺激対象に凄まじい興味を抱くが、ものの30分しか続かない。父はすぐにR市市立小学校578人の児童のうちの、たんなる一人になった。曽祖父といっしょにジュンチャンが住んでいた家屋のように、溶けこんだ。

いっぽうR市役所庁舎は、十余年後には、付近からくっきり浮いた建築になってしまう。

いわゆるふるさと創生だ。キースがR市の公立高校に入った年だった。

老朽化していた庁舎が、真新しいビルに建て替わったまではよかったのだが、屋上に、大きなきしめんをイメージしたという、アバンギャルドなオブジェを設置した。「きしめん？　巨大なサナダムシに見えるぞ」とブーイングを投げる市民が少なからずいた。

この、まだ真新しかった市役所のホールで催された成人式に父キースは参加した。高校の同級生たちと行った二次会の店は、駅前の『ほろよい歌の店・ルンナ』だった。カラオケセットは置かれておらず、名古屋スクールメイツにいた店主のほうが（客ではなく）、洋楽ヒット曲のB面やモノクロ時代の映画の主題歌といったような通好みの曲を挙げて、歌いたい客がいれば伴奏するという店なので、そうそう歌う客はいない。酒を飲みながらしゃべるのがメインの『ルンナ』には、成人式のその日、店主の遠縁の娘が手伝いに来ていた。

店主は、夏休みになると親戚の子供たちを連れて、『パートリッジ・ファミリー』のように海辺にキャンプに連れていってくれ、ギターを教えてくれたり、火のおこしかたを教えてくれたりしたので、その娘は店主を、おもしろいおじさんだと慕っており、たまに『ルンナ』を手伝うというか、遊びにきていたのだった。

その娘は中2の、ほんの数カ月だけ、閉校直前の名古屋スクールメイツにいたことがあった。彼女の父親は、体育大学を出て高校の体育の先生をしていたくらいだから、彼女も飛んだり跳ねたりが得意でスクールメイツに入ったのだった。

その娘と、成人式の日に知り合ったキースは仲良くなり、学校を卒業すると燃料を扱う会社に就職して、彼女と結婚した。そして生まれたのが、私と弟である。

＊＊

シーゲルハイツの立つ通りを東に進むと、駅にまっすぐに行ける広い通りと交差する四つ角になっている。四つ角の一角は、庭のある大きな家が並ぶ、駅から近いわりに静かな一角である。この一角にとりわけ立派な屋敷が立っている。

もとは黒塀に囲まれた、旅館かしらと見紛うばかりの日本建築であった。それが、モダンな和洋折衷の分離型二世帯に建て直されたのは、私が生まれたころだそうだ。

いっぽうに先代の長男宅、庭をはさんで、次男宅が立っている。長男宅のほうが大きいのは、そこに長男の両親も同居しているからである。

燃料を扱う会社を経営し、シーゲルハイツよりずっと大きなマンションも所有しているこの家はR市の名門だ。この家の長男は代々県会議員を務めている。P市でもスーパーマーケットに土地を貸している。こちらの管理は次男がする。

長男の会社にキースは勤め、上司に頼まれて、ある日ある書類を自宅まで取りにいった。長男宅であったが、対応は次男の妻がしてくれた。

それにはわけがある。この家がモダンに建て直されてほどなく、きしめんのオブジェのある市役所で、次男妻とジュンチャンが再会したのだ。「あれえ、りっちゃん?」。「きゃあ、高沢さん?」。二人は黄色い声を市役所に響かせた。

R市の名士宅がモダンに建て直される前、次男夫妻はP市の、妻の実家に住んでいた。小中学生のころのジュンチャンが、『別冊ガーネット』だの『別冊セブンティーン』だのを貸し合いっこしていた、もっちゃん・りっちゃん姉妹の家こそが、そこなのだ。妹の、りっちゃんこと梨紗さんが、次男の妻になっていたのだった。

義姉（長男の妻）から「あなたの幼なじみだっていう高沢さんの息子さんがものを取りにくるわ」と言われた梨紗さんは、わざわざ受け渡し役をしてくれたのだった。

「あじゃー、紫さぎりかと思いましたよ」。父キースは次男妻、梨紗さんのルックスを褒めた。「あぁら、この書類以外は、何も出ませんよ」。余裕を持って返した梨紗さんのことを、「紫さぎりに似てますねって、ありゃ、そうとう言われ慣れてるんだな」と父は、夕食の食器を洗う母の背中に向かって言った。

このことは、私がインド人監督の映画『細雪』に端役で出ることが決まって、母から聞いた。幸子役が紫さぎりさんだったからである。

＊

で、梨紗さんとその義兄の立派な住まいのある静かな一角から、駅と反対側に進んだところにある、歳月とともにあまり立派ではなくなってきていたシーゲルハイツを、ジュンチャンはまあまあ立派な三階建てに建て替えた。「たくさんお金がいるんじゃないの?」。工事中に私が訊くと、「もとはNT

T株で、それを転がして増やしてね……」と、独特の呼吸でジュンチャンは肯いた。すぐそばにいる者には「メヘメヘ」と聞こえる、息のような小声のようなものを吐いて、顔は、笑うような流し目をするのである。「当然、一括払いじゃないよ」。

シーゲルハイツは通りに面しているが、隣家との廂間を縫うように細い道を一本奥に入ったところに、一回見ただけではおぼえられないくらい、どこにでもあるような二階建ての家がある。「車を入れられない不便な立地なので、借地としても安かった」。父がそう言う場所に立つのが、彼と母と弟と私の四人の家である。

シーゲルハイツ建て直しの工事中、ジュンチャンもここにいた。私の部屋で寝ていたから、私たちはいっしょによく夜更かしをし、よくしゃべった。

短期間だけ名古屋スクールメイツにいた母は、近くのリトミック教室の事務員をしていた。新聞の悩み相談やドラマで見るような嫁姑の喧嘩は、私の家にかぎってはゼロだった。「お兄ちゃんや帝釈天様みたいなのはイヤだ」。ジュンチャンは母によく自分の兄（私の伯父）のルックスについてそう言っていた。

「お兄ちゃんには、わたし、いつも整形して二重にしろって言ってたわ」。デヴィッド・キャシディが好きで郷ひろみが好きなジュンチャンは、二重まぶたでぱっちりした目の男性が好きなのだ。「お兄ちゃんが整形してみて、具合よさそうだったら自分もしようと思ったんだけど、しなかったからアイプチにしたのよ」。自分も二重になりたかったらしい。

「キースも、わたしみたいにアイプチ使えばいいじゃない。わたしが勧めてもいやがるから、ねえ、妻の立場から、アイプチ使いなさいよって、夫に勧めてみてよ」。ジュンチャン。「いやだわ。そんなもの貼らなくていいじゃない。前から思ってたけど、わたし、ジュンチャンだってそれ、貼ってないときのほうがかわいいと思うわ」。母。

父の一重まぶたや二重にする接着テープについてだけでなく、TVに人気芸能人が出てくると、好きか嫌いかで、二人はよく意見が分かれた。

嫁姑の対立といえばそのていどだった。

二人はよく買い物や映画にいっしょに出かけ、ともに新里開のファンクラブに入会していた。

新里開。愛称ニーカイ。1972年4月12日生まれ。血液型O。所属事務所は星エージェンシー。

生年も誕生日も血液型も、父キースと同じなのである。ハイトロスなシルエットも。現在、■■は重度差別用語であるが、私には、かつてはパブリックな場で使用できた■■が差別用語に感じられなかった。あれを差別用語としたのはどうなのだろう。ことばというのは発した人の側に差別意識が強ければハイトロスと換言したところで侮蔑だし、■■なところがかわいいと思って発した人の■■の音はかわいく響く。

ともかくも、「芸能人にはB型が圧倒的に多いのに、ニーカイのO型って珍しくない?」とジュンチャンが言い、「ほんとだわ。ジュンチャンは郷ひろみと共演した高沢順子と漢字は同じで、息子は新里開と生年月日と血液型が同じ」と母が言い、二人は、私と弟があきれるほど些細なことでファンになったようだった。

「もし郷ひろみが田舎のロケでP市に来て、私と目があって、〈えっ、きみの名前、高沢順子っていうの〉って仲良くなって、しめしめここは田舎だから人目につかないぞって、郷ひろみに思われて、ワンナイトの恋で、ホテル・プリンスに行ってたら、ニーカイが息子だったかもしれないじゃない」。

ジュンチャンのこの、あるわけない空想話に、母はどういうわけか、「むほほほ」と聞こえる鼻にかかった笑い声をあげてウケるのである。

ちなみにホテル・プリンスというのはジュンチャンが戸籍上は初めて入籍した現在の配偶者と新婚旅行で泊まった西武系列のプリンスホテルではなく、P市北部の幹線道路を、荒木裕司さんの正妻の実家のガソリンスタンドからもっと北に行ったところにある、車で入れるホテル。

シーゲルハイツ建て替え中に私の部屋で寝起きしていたジュンチャンの勧めで、私は公立中学時代、演劇部に入っていた。

そこでは、顧問の先生が外部からコーチを呼んでいた。先生の伯父さんにあたるとのことで、校長先生と教頭先生に掛けあい、完全ボランティアを条件に許可してもらっていた。「この人は名古屋児童劇団にいて〜〜〜で、〜〜〜〜で、〜〜〜〜で、〜〜大学の先生で偉い人なんだよ。こんな人に教えてもらえるんだぞ」と顧問先生。

成人後なら、あるいはせめて高校生だったら、先生の言ったことを今でもおぼえていると思うのだが、あいにく中学生だったので、ただ「名古屋児童劇団にいたことがある」「大学の先生をしている偉い人」とだけおぼえている。豆タンクのような体型でハイトロスだったが、包容力を感じさせるやさしいコーチで、舞台を横切るだけでも、いろんな歩き方があることとか、がなりたてなくても観客によく聞こえる声の出し方などを、熱心に指導してくれた。

ほかの中学校の演劇部はどうであったのか知らないが、うちの中学にかぎっては、校内文化祭に演劇部が公演するのは、自転車の交通ルールであったり、敬語の使い方であったり、失敗談と訂正を実用的に再現ドラマにしたようなものばかりだった。それは部員たちには（とくに私には）、「へえ、なるほど」とおもしろかったのだが、同級ならびに上級下級生からは「あんたらの部の芝居、おしらせみたいでちっともおもしろくないわ」と、よく評された。

＊＊

中学から高校に上がる春休みだった。

「聖ちゃん、モデルのアルバイトしてね」

ジュンチャンが、とってきた。

裕司さんは『アラマサ・ＰａｒｔⅡ』を様替えして、『アラマサ　ｐｒｅｐｐｙ』に、それをまた様替えして、それが何だったか忘れたが、そのあと『アラマサ de トート』に、『シナボン　ａｒａｍａｓａ』に、『ブーティ&カラータイツ　アラマサ』に、そのあとまた『A'sタピオカ』というタピオカミルクティーの店にした。その広告のモデルだった。私一人ではない。声をかけた同級生何人かでティーを飲んでいる写真である。

タウン紙のトップページに入れたその広告写真はけっこう大きく、出た日に四つ角ですれちがった、紫さぎり似の梨紗さんに、「ほんとにおいしそうに飲んでる写真だったわね」と褒めてもらった。

「あれはニーカイの娘さんだね」

隣の私に、ジュンチャンはラックを指さした。『A'sタピオカ』でタダでもらってきたタピオカミルクティーを、駅ビルの中の本屋さんのちょうど向かいにある無料ベンチで飲みながら。

ラックの雑誌『ジューＮＡＮＡ』の表紙は微笑むαさん。ミスＮＡＮＡのオーディションでプリンセスに選ばれてデビューしたばかりのニーカイのご長女さんだ。

「ニーカイのお嫁さんも、ミスNANA出身なんだよ」

「そうなんだ。お母さんもかわいいもんね」

「娘さんも小柄だね。小さくてかわいい」

「顔アップの表紙だよ。なのに小柄だなんてわかるの?」

「わからないよ」

「なにそれ」

「そうしたもんだからさ」

メヘメヘという妙な呼気をジュンチャンは唇の端っこから出し、私は残り少なくなったタピオカミルクティーをズーズー吸い込んでいた。まさか数年後に、表紙を飾る人と自分がいっしょに映画に出るなどとは想像だにせず。

*

『A'sタピオカ』のチラシは、R市内の家庭からすぐに紙資源ゴミに出され、私は家から二駅の商業高校に進学した。それはニュースにならなかったが、αさんの高校合格は大きなニュースになった。勉強のできるかしこい人が行くので有名な、国立横浜教育大学付属・港の見える丘高校、通称〈横見え〉の「帰国子女クラス」に転入合格したのだ。

「ニーカイの家はずっと横浜じゃないの? αちゃんって子は、どこから帰国したの?」

母がジュンチャンに訊くと、

「小さいぜよ。そんなことにとらわれてたら、道は開けないぜよ。帰国子女っていうのにしたら、それはもう帰国子女なのさ」

ジュンチャンは「シィー」とひとさし指を唇にあてた。

「急にイタリア人のまねしないで」

「してないよ。インドネシアの若い子のまねだよ」

いつものように、のんきな嫁姑の対立。

裕司さんからとってきたチラシの出来がよかったのに気をよくして、ジュンチャンは私を星エージェンシーに、いちおう所属させた。

いちおう、というのは――、ジュンチャンは、『ASAhIパソコン』をはじめに定期購読して、翌年に『日経パソコン』に変えて、SONYのノートパソコンを買ってブログを始めた。つぎにはフェイスブックを始め、スマートフォンを買うと、ツイッター、インスタグラムをして、もっぱらニーカイファンと交流し、ニーカイを追いかけていた。

そうするうち、ニーカイの所属事務所である星エージェンシーに、《ステラ》と《ステラ・フェリーチェ》なるメンバーが存在することを見つけた。

メンバーは、星エージェンシー側に、月々お金を支払うのである。SNSで各自がファンの芸能人(星エージェンシー所属に限る)が出した曲や出たドラマ・映画の話題を拡散するのが《ステラ》で、月々の料金も高くない。高校生でもおこづかいで払えるほどだ。自分は某さんの応援隊のメンバーであるというファンの自尊心を満たす《ステラ》なのである。

《ステラ・フェリーチェ》となると些か高い。が、些かであって、シーゲルハイツを、前の管理人より上手く切り盛りしているジュンチャンが躊躇うほどの額ではない。星エージェンシーが関わる映画やドラマに「ちょっと来て」の一声で来られる便利な駒をストックするのに、ストックの駒のほうに金を払わせるシステムなわけである。いちおう、というのはこういうことだ——。

ジュンチャンは私を連れて上京し、私に形式的な面接を受けさせ、プロフィールを《ステラ・フェリーチェ》に登録させた。結果、インターネットショップの二重瞼液（アイプチではなかったが同種の）のビフォア／アフターの、ビフォアのモデルだとか、インターネットドラマで、主人公にぶつかってころぶ通行人の役をもらった。

通学との折り合いがつけば、私は応じた。そういう仕事は名古屋市に行くので、ジュンチャンと母と、たまに弟も、遠足気分でいっしょに行くのがおもしろかったのである。

＊

〈横見え〉の現役女子高校生のαさんは、ドイツの雑誌『Elke Japan（エルケヤーパン）』の表紙を、日本人モデルとしてはじめて飾っていた。彼女の活躍とは比べものにならないが、私にも大役が舞い込んだ。一人でしゃべるシーンがある役である。これまで私がもらったセリフのある役は、「さあ、わかんなーい」と「ああ、その男の人なら、あっちのほうへ走っていったわよ」の二回。それも、ほかの何人かといっしょに出て、ほかの何人かといっしょに言う中での一人だった。

ジュンチャンがとってきたのは、しゃべるシーンが三カ所もあった。「そ。ならもらっておくわ」と、「いいえ。自分でできるし」と、「あなたのこと、あたしは信用してないからね」だ。女性弁護士（これは紫さぎりさんが演じた）に相談をする男性の娘の女子高校生役である。

この役は、はじめは、劇団ひまわりから星エージェンシーに移った子がすることになっていた。ところが予期せぬ、望まぬ妊娠をしてしまった。ジュンチャンは、ニーカイのファンのSNSで、その子と知り合って仲良くなっていたので、よく相談にのっていて、中絶手術につきそってくれと頼まれて、つきそった。病院からの帰り道、ジュンチャンはその子の気を紛らすつもりで、どうでもよい雑談をした。と、私が《ステラ・フェリーチェ》であることを知ったその子は、ジュンチャンがつきそってくれた御礼だと、役を私にまわすよう星エージェンシーに伝えた。自分は体調不良で休養せねばならないからと。

映画は冬休み中にお正月大作として公開され、女性弁護士役の紫さぎりさんはブルーリボン賞主演女優賞を受賞した。

紫さんの名前の1／5の小ささで私の名前もエンドロールに出た。冬休み明けにはクラスのみんなが祝ってくれた。紫さんの1／2だったら祝ってもらえなかっただろう。身近な人に訪れてしまった幸運に対する世の中の人の反応とは、そういうものだ。「目立つと泥棒に遭うぞ」という曽祖父の口癖は、今はよくわかる。

彼岸の墓参で、ジュンチャンは数珠を手に、

「お父ちゃん、泥棒に遭わないようにして、聖が映画女優になりました」

と、曽祖父に大袈裟な報告をしていた。

＊

父母も弟も同級生先生たちも、それに《ステラ・フェリーチェ》に私を申し込んだジュンチャンも、私のことを、きれいでスタイルがよいとは思っていないと思う。

なんといっても、私自身がそう思えない。ただ、外見について悲しみ打ちひしがれて成長することもなかった。

私が芸能界の仕事をしていると言えるのかどうか迷うが、それでも、私がたまたまもらった仕事で

知り合った中には、星エージェンシーから直接スカウトされた人は言うまでもなく、《ステラ・フェリーチェ》レベルの仕事（私がもらえるくらいの仕事）をしている人ですら、「まあ、きれい」「なんてかわいい」「わあ、かっこいい」と形容する外見の人がほとんどだった。それなのに、自分のルックスについて自信を喪失してびくびくしている人がめずらしくなかった。乗り越えようとして踠き、おそるおそるの検査を受けるように《ステラ・フェリーチェ》になっている人がよくいたのである。

そういう人に邂うと、かわいそうで泣けてきた。こんなにかわいいのに、こんなにきれいなのに、こんなにかっこいいのに、どうして、この人は自分を嫌うように成長したのだろう。どうして成長する途中の、まだ間に合うときに、この人を助けてくれる人にめぐりあえなかったのだろう。

そういう人の向こうのほうには、ごく表面的なことをしゃべるだけの接触では具体的にはわからないけれど、重たそうなものがあって、その重たいものをずうっと被っているのが、かわいそうだった。そんな重たいものにふれたい他人はまずいないだろうし、やっとふれてくれた他人がいても、すぐに、ああ、自分がふれてももはや手遅れだったんだとわかるから、ふれかけただけで逃げてしまい、すると逃げてしまった自分がいやな人間のように思われて、ますますその人には近づかず、表面的なことをしゃべるだけの接触にとどめようとするから、その人は年を経るごとにもっと自信を失っていく。

他人を、かわいそうだと思うことは、高慢なことなのだけれど、でも、かわいそうだった。自分の無力も感じた。

私のルックスについて、ここでは謙遜は捨てて偏りなく述べるなら、それは、私が育った家、それに曽祖父の家の造りのようだ。あたりに溶けきっている。平均身長平均体重。教室でも体育館でも駅のプラットホームでも、その時その場にいる中の一人のような外見。もしどこかの店で商品を万引きして走って表通りに出たら、店からダッシュしてきた追っ手を、きょろきょろさせてしまうような外見。「分身の術が使えるのよ」とここでは言おう。

もちろん、自分のルックスには気に入らない所がたくさんある。しかし、世の中の人たちもたいていが、自分についてはそうだろうから、自分で自分のルックスを気に入らないと思う気持ちの度合いもまた、あたりに溶けきったレベルなのである。

＊

ドイツの雑誌『Elke Japan（エルケヤーパン）』の日本版表紙を飾ると、ほどなく、αさんは、アメリカのワイルダー化粧品のビューティアンバサダーに就任した。

「帰国子女」らしく、喜びの記者会見を英語でおこない、マスコミ各社の、動画を含むインターネットニュースで話題になった。

就任した翌年、ワイルダー化粧品は、《大人になってもピンクの口紅が似合う女性》の、スーパー・ワイルダー・アワードに紫さぎりさんを選び、トロフィーを渡す役はαさんが務めた。

このニュースを私はインターネットで見て、紫さぎりさんのご主人についても読んだのに、まさかその方が自分の過去にも、薄いとはいえかかわっていたことに、ぜんぜん気づかなかった。しょせんは高校生のリテラシーだった。

ワイルダー・アワードが縁だったのか、紫さぎりさんとαさんは、このあとインド・日本合作映画で共演することになった。サル・バラクリシュラン監督、谷崎潤一郎の『細雪』である。

幸子役が紫さん、こいさんこと妙子役がαさんだ。はじめの脚本にはなかった、妙子の同級生の役が書き加えられ、おどろいたことにその役が、なんと私に舞い込んできたのである。紫さんの、強い推薦によるものだった。

「あなたを利用させてもらったの。ごめんなさい」と、後日、紫さんから詫びられて、私は困った。私のほうが御礼を申し上げてこそなのに紫さんが詫びるのである。彼女の言う「利用」というのは、私といっしょに出れば、自分の顔が小さく見えるからというものなのだが、それを詫びられても、わけがわからない。演技力もさることながら、美人女優としても日本を代表する紫さんのルックスがすぐれているのは、この映画に私が端役で出ようが出まいが、何年も何年も前から、だれもが（もちろん私も）、よくよくわかっていることなのに。「はあ?」。詫びる紫さんを前に、私はぽかーんとしているしかなかった。

クランクインはちょうど高校の卒業式の日だった。私がもらった、こいさんの同級生役は、偏屈で無口という設定にアレンジされたこいさんよりもさらに無口で、幸子（さぎりさん）と妙子（αさん）といっしょに映るシーンこそ多かったものの、セリフは無いに等しかったから、自分に関しては、撮影はらくだった。映画の撮影をする現場見たさに、付き人だと称してジュンチャンもついてきた。

**

製作に一年余をかけた『細雪』は、甲斐あってＢＡＦＴＡ（British Academy Film Awards）撮影賞と監督賞の二部門を受賞した。

αさんは、イタリアのファッションブランド、ベルトルッチ（Bertolucci）のビューティアンバサダーに就任した。

さらに、ショーのランウェイに出ることが決まり、それは嵐のようなニュースになった。

しかし。

私の家では、弟が嵐を呼んだ。そのため、αさんのランウェイのニュースは、わが家では気づかれないに等しくなってしまった。

17歳の弟が妊娠したのである。もとい、弟が妊娠させたのである。

「何してるの！　私が妊娠した年じゃないの！」

ジュンチャンがおかしな論理で弟を叱ったので父キースは複雑な顔をした。

母は口を大きく開けていた。

弟本人は、私が紫さぎりに詫びられた時のように、ぽかーんとしていた。

＊

2月生まれの高3の弟は、夏休みに模擬試験を受けると言って、朝から同級生と名古屋の、感染防止対策を施した予備校の会場に出かけた。

試験は受けたが、大きな街の活気はハイティーン男子にはそれはそれは魅力的だった。R市にもあるチェーン居酒屋も、R市のそれとはちがって見えた。そこに入った。はじめは殊勝に、学校の体育祭の打ち上げのときのようにコーラだけを飲んで出たのだが、雰囲気に酔っぱらったのか、そこを出たすぐ隣の《9時マデお酒飲めます》の立ち飲み屋は、R市の立ち飲み屋とはまるでちがう、周囲はガラス張りで、床はターコイズブルーのタイル貼りで、どでかいセンターテーブルはステンレスで、テーブル中央には、アンスリウムとサワグルミの枝を、結婚前の娘さんが習い事で生けるようにではなく、ニューヨークにジャズを勉強しに行ったが華道家に転向したような男性が生けるようにダイナミックにあつらえてポイントとしたインテリアだった。テーブル中央の生け花についてはスマホをかざすと花の名前を教えてくれるアプリで後で調べたそうだ。

ガラス張りなので、店内には、αさんが履いているよりはずっと低いものの、駅から徒歩2分の距離も歩けなそうなヒールのある靴を履いたミニスカートの女性客が何人もいた。「やっぱり都会はちがうな」「ちがうちがう」。弟と同級生は二人で顔を見合わせた。「どうする?」「どうする?」。また顔を見合わせ、「どうだ?」「そうだな」。入店した。

床のタイルみたいな色のついたもので割った焼酎を、二人は「よっ、じゃ、ハタチになった記念に」「よしっ、ハタチの祝いだな」と、不自然に声を大きくして飲んだ。

右隣の客を見て、弟は「お」と思った。短めのボブの、ぱっつんと切った前髪が、耳を通り越したところまであって、耳周りは刈り上げた攻撃的なヘアスタイルのお姉さんが一人でビールを飲んでいた。大ジョッキで豪快に飲んでいた。

左隣と前の女性客は、爪が長くて、なにか光るものを爪にたくさん付けていたが、豪快大ジョッキのお姉さんの爪は短かった。「きっと仕事できる人だ」。「きっと、なんとか整体とかやってる人だ、多角経営の」。弟と同級生は、ひそひそ話した。

ハタチの祝いというふりをして飲んだ、店のタイルのようなきれいな色の焼酎で気分が大きくなった。話しかけた。「よくここにいらっしゃるんですか」「たまたまよ」。話しているうち、弟は、隣の豪快大ジョッキのお姉さんみたいな人に「ダメねえ、きみは」とか説教されてみたいという欲望がわいてきて、どんどんしゃべった。おごってくれるというので、今度は、大ジョッキでビールを頼んだ。

二人は仲良くなって、その夜のうちにそういうことになった。

お姉さんの都会的な集合住宅の都会的な部屋に泊めてもらったのだ。同級生も酔っ払ったので、二人は途中ではぐれた。同級生はふらふらで名古屋駅につき、そのまま家に帰った。

そういうことになってから、弟とお姉さんは、R市と名古屋市で、スマートフォンで連絡をとりあい、親密さは増していった。彼女は弟のことをハタチの専門学校生だと信じていた。

そうなったあと、コンドームをしないでそうなっていたので彼女は妊娠した。そのとき初めて、彼女は弟の年齢を知った。彼女は弟より9歳上の歯科医だった。彼女は自分の年齢から、もう子供が欲しくてコンドームをすることを弟に要求しなかったそうだ。

「シングルマザーとして育てます」。彼女は言ったが、父キースが怒った。「勝手に子供の成育環境を決めるな」。これまで私が見た父の中で一番怒って猛反対した。弟は「大好きだから、卒業したら結婚する」と言い、歯科医さんは、それまできりっとしていたのが、うれしくてぽろぽろ涙をこぼし、そのようすに応接間にいた全員が賛成した。二人は結婚した。

＊

わが家の嵐のせいで、αさんがベルトルッチのランウェイに出た様子も、その直前に、αさんと紫さぎりさんが喧嘩したことも、私は知らなかった。喧嘩については表だったニュースにはならなかったので、後から紫さんから聞いた。

弟と歯医者さんのことは、世間ではさしておどろかれもしないだろうが、わが家と歯科医さんの家では、あたふたする日々が続いた。

それに、私にかぎれば、そのころは娘盛りなわけである。中高生のころの、明治村にいっしょにいく程度のおつきあいではない恋愛を二回した。一回目は、はじめてそういう恋愛をして、そういうことに不慣れで、相手も高校の同級生から紹介された、その人の、中学の時の同級生という同い年の男子だったので、相手も不慣れだったせいか、いきちがいが生じて、結果的には私がふったことになった。二回目は、《ステラ・フェリーチェ》で共演した、本業は、住まいのある東海地方の、産業用電気機器メーカーに勤める男性だったが、大井川の向こうとこちらに離れているのがよくなかったのか、大きな喧嘩をして、これははっきり私がふられた。

ふられた時期が、弟と歯科医さんのさわぎに重なったので、私にはよけいに「嵐」と感じられた。

弟は、名古屋市の歯科衛生士専門学校に進み、学生パパになった。歯科医さん（私からすると年上の義妹）は、出産後もばりばり働き、彼らの名古屋市内の、スタイリッシュなデザイナーズマンションでは歯科医さんのお母さんがベビーシッター役を引き受け、ジュンチャンも頻繁に曽孫のお守役に出かけた。

ところで、弟は太郎という名前である。「希以寿」という自分の名前がいやだった父の命名だ。

父は太郎の赤ちゃんに「貞之進」という名前を考え、半紙に墨で書いて、歯科医さんの両親に渡し、彼らからも、弟太郎からも賛成されていた。だが、妻の歯科医さんたっての希望で「杏禰（アンディ）」になってしまった。ジュンチャンは大賛成だった。

杏禰（アンディ）にした理由は、歯科医さんは思春期に、フィギュアスケーティングクラブに入っていて、アンドリュー・ポジェ選手の大ファンだったため。ジュンチャンが大賛成した理由は、ポジェ選手がデヴィッド・キャシディ、郷ひろみ、ニーカイ系の、甘いマスクだったため。

*

前から平日夜は週二で市民プールで泳いでいた私だったが、このころ、憂さ晴らしに市のコミュニティーセンターのサークルにも通うことにした。

《チャンバラ倶楽部》といい、センターの小運動室でおこなわれる。

曽祖父のチャンバラ映画友達が、大河内傳次郎と、蜘蛛の糸ほどの細い縁のある人であった。その人には孫がいて、六、七年、東映の殺陣俳優をしていたが、見切りをつけて故郷にもどり、私の父と同じ燃料会社に（部署は違うが）勤めていた。『ほろよい歌の店・ルンナ』で『沓掛時次郎』をいつも歌うくせに、「雷蔵はいい俳優だったが、時代劇はダメだ。雷蔵の時次郎はいちばんダメだ」と言うので、ジュンチャンはおもしろがり、仲よくなった。その人が市民コミュニティーセンターの小運動室で開いたのが《チャンバラ倶楽部》だ。

「聖ちゃん、お入りよ。大河内傳次郎ならいつか役にたつって。ぜったい役にたつって」

毎度のことながらジュンチャンが勧めてきたが、毎度のことながら彼女の予想に裏付けはない。自分がおもしろそうなことを私にさせるのだ。チャンバラが大好きだった曽祖父が「大河内はすごい」としじゅう褒めていたというだけの理由で。

だから、勧められたからというより、私はふられた傷心で、遮二無二通った。

毎回先生は大河内傳次郎の殺陣をそっくりにまねする……まねしているらしい。

「そっくりだ、生き写しだ、って言われてるのさ」。鼻高々に言うから、動きをそっくりにまねをしているのだなと、サークルの生徒わずか3人は思いはするのだが、みんな、大河内傳次郎の映画を見たことがないのでわからなかった。

何回かの講義（練習）のあと、動画配信で見てみたが、やはり、先生の殺陣が生き写しなのかどうかは、よくわからなかった。

しかしながら、その指導は〈しょせん町のコミュニティーセンターのサークルでしょ〉ではかたづけられないほど、鬼気迫るものだった。先生は大きな目をぎょろりと剝いて睨む。これも大河内のまねらしいのだが、先生の目つきはそれは怖くて、みな一生懸命、先生の動作をまねた。怖いがそこはかとなく愛嬌があり、それが生徒を二人増やした。と、「こんなとこでは狭いな」と先生は言い出し、市民に夕方夜間に開放されている公立小学校の体育館に教室を移した。講義（練習）日も増えたので、私はプール通いはやめてしまった。講義がきつくて水泳まで手がまわらなくなったのだ。

「チャンバラをするには、筋肉を、とくに腹筋と広背筋と僧帽筋を鍛えないとだめだ。大河内傳次郎をよく見ろ。頭からつま先までのラインがぐにょぐにょしないから美しいのだ」。先生に睨まれながら、バレーボールやバスケットボールのサークルと合同でストレッチや鉄アレーを使っての筋肉トレーニングやランニングをさせられるのである。そのあとは、市内の高校剣道部が廃棄処分にした竹刀を譲り受けて、それを持っての激しい素振りと、先生が編み出したという殺陣の構えをいくつもおぼえさせられた。背中には赤筋が多いから竹刀をふりまわしながら小走りするチャンバラは脂肪がごんごん燃えて、講義後は汗だくになるのだった。怖い目つきの先生は、その一途さで生徒を夢中にせ、充実感をくれた。私はこの倶楽部活動に夢中になった。

*

芸能活動属端役種をしていたことをすっかり忘れていた私に、「紫さぎりさんの強力な推薦がありました」という知らせが来たのは、チャンバラ倶楽部に通って四年たったときである。

紫さん主演映画に、エキストラで出ることになった。このことはうれしかったのだが、女子高校生役なのである。25歳なのに。

「平気よ。制服着てるんですもの」。紫さんからじかに電話があった。「『細雪』見たよ。きみなら平気だよ」。監督。『教育なのか洗脳なのか、それを人は迷う』という地味なタイトルのシナリオが電送されてきた。読むと、高校教師役の紫さんが生徒たちのために作ったカレー鍋を運ぼうとしてひっくりかえす生徒の役だった。

　初号のさい、紫さぎりさんと紫さんのマネージャーさんは、私とジュンチャンを、出先での控室代わりにしているワンボックス車に招いてくれた。そのさい、紫さんとαさんがベルトルッチのランウェイのことで喧嘩したことを聞いた。改良イリザロフ手術のことも聞いた。手術内容も怖かったが、イリザロフという博士の名前が私は怖かった。

＊

　私がカレー鍋をひっくりかえした、紫さぎりさん主演の、『教育なのか洗脳なのか、それを人は迷う』は、数校の小中学校での実態をそのまま撮っていく部分も多く、クランクアップまでには相当かかった。たいていの映画が今そうであるように、まず動画音楽受信専門デバイスである「Ｂｕｄｉ30」と「多謝多謝28」ユーザー向けに、製作国内で先行配信された。

　これは正当に高く評価された。かつてサル・バラクリシュラン監督の『細雪』がＢＡＦＴＡ（British Academy Film Awards）撮影賞と監督賞の二部門を受賞したのは、いわば暗黙のコースである。ＴＡＮＩＺＡＫＩの日本文学、自分たちが植民地支配した国の生まれの監督、独自の解釈。こうした要素が、イギリスからの、植民地支配への贖罪的な授賞となるような暗黙のコースではなく、日本の教育現場の理不尽を描いた作中の、紫さんの演技は迫真だった。

　きれいに撮られよう、美人に見せよう、という望みも、逆に、過剰に外見を汚くして女優魂に見せようとする狙いもなく、まさに役者としてリアルだった。日本固有の教育現場の制度と因習のからむ実態を見せながらも、他国でも理解を得られる普遍性があった。

　妙齢の女優のロマンスめいたシーンも、カーアクションも、殺人もない地味な映画で、配信スタート時には視聴数は少なかったが、ラジオで話題になると、ぐいぐいと数をのばしてゆき、日本のみならず各国で今なおロングセラー配信中である。

20世紀末から21世紀はじめ、ラジオは低迷の媒体であったが、インターネットと親和性があり、インターネットとの組合せが洗練されていくと、ジュンチャンが森本レオの声にしびれていた時代のように活気をとりもどした。

「わたしが深夜放送を聴いてたころはね、ディージェー(DJ)がいたからね、投稿は篩(ふるい)にかけられて、あまりに口汚いのは公共電波にのせなかったし、ガキやイカレポンチの極論は、ディージェーがちゃんと諭しながら紹介していったものだよ。今はあの規定ができたから、またあのころみたいでほっとするね」

ジュンチャンはネットラジオの、深夜放送ならぬ早朝放送にせっせと、猫のイラストを、Ｂｕｄｉ８の《スケッチブック画面》に添えて、『悲しき初恋』やら『エース』をリクエストしていた。

みんなが知っているとおり、昨年から、ＴＶもラジオもインターネットも、公に不特定多数が閲覧するサイトへのコメントは、現在地と年齢と性別と名前を登録し照合されたＳＥＷ（ウェブ安全倫理局）経由で投稿する規定となった。

中部地方のインターネットラジオ「ＷｅｂＲ(ウェバール)太閤」の番組『朝です、一曲』では、リクエストや投稿を《スケッチブック画面》でのみ受け付ける。電子文字ではなく、各投稿者の肉筆がリスナーの端末の画面に出る。肉筆文字には書き手の個性が如実に出る。ジュンチャンのリクエストはジュンチャンの字が、大きな楷書で読みやすく、文面もおもしろいのでよく採用され、ネット通販用割引クーポンをよくもらっていた。ラジオの画面を見て、父キースと年上の義妹（歯科医さん）は、ジュンチャンの猫のイラストを、鼠だと思っていたが。

＊

映画『教育なのか洗脳なのか、それを人は迷う』がイタリアで配信された年、ベルトルッチは、流行ファッションの中心地であるバリ島でおこなわれるショーに、日本からは紫さぎりをモデルとして起用すると発表した。

美貌も知名度も出演作品の評価も高い女優が、ベルトルッチのショーに起用されても人はそう驚かなかったが、彼のショーのテーマが「学校・教育」だったのが話題になった。

このショーに起用されるモデルは、みなモデルを本業としない人たちばかりだった。

「服は人が着るためにある。マネキンだけが着るものではない」

ベルトルッチはプレスに宣言した。ベルトルッチサイドが独自に選んだ人や、その人がさらに推薦した人がモデルとして出ることになった。

たとえば、ベルトルッチ本人がシアトルで利用したファストフード店で、理不尽なクレームをつけてきた客をてきぱきと笑顔でなだめた店員、ボルゲーゼ公園で貸しボートを巧みに修繕する老職人、インド・ベンガルール五輪の体操で金メダルをとった女子選手、など。

このショーに、紫さぎりさんからの推薦で出演を依頼されたときは、私はてっきり、カレー鍋をひっくり返すていどのことをするのだろうと思って承諾した。メイン出場者がランウェイする脇から、バッグとか花とか、ステッキとか、何か小物を渡したりするようなことをするのだろうと。

ちがった。

出場モデルには主役も脇役もなかった。ベルトルッチが、それぞれの出場者に似合うと判断した服を着て、ランウェイするのだった。

打ち合わせでは、ヴィンチェンツォ・ベルトルッチさんが手ずから、素人モデルたちに服を渡していった。

私に渡されたのは、なめしになめした革とサージの異種素材を巧みに組み合わせた鉄紺色のプリーツスカートと、やはり鉄紺色の、伸縮性があるわりにかちっとして見えるテーラーカラーの上着。それにベルトルッチの人気商品である柔らかなカーフスキンとゴムを組み合わせた白いスニーカー。「学校・教育」というテーマだけあって、制服のようだなあと、見ている私に、ベルトルッチさんとアジア系の通訳者が寄ってきた。

シニョール・ベルトルッチは、マリオネットのように手足を大きく動かして、大きな声で、ひとつひとつの単語が長いイタリア語でぺらぺら私に話してきた。「ササーメーユーキ」だけ聞き取れた。

通訳は困った顔をした。だが、意を決したように、

「あなたは顔が大きい人の代表です」

と通訳した。

紫さんは、平成から急激に日本人の顔が小さくなったと言うが、全員がそうなったわけではない。21世紀生まれでも、私は昭和の顔のサイズと平均身長だ。そして、今回のショーのテーマに合わせるなら「学校」で「教育」を受けていたころ、私のような顔のサイズと身長の生徒はたくさんいた。私はとくに目立たなかった。とどのつまり、ふつうの日本人の顔は、白人と比べて圧倒的に大きいのだ。

「はあ」

あたりまえのことを「知られざる事実が今明るみに」みたいに言うジュンチャンを見るように、ぽ

かんとしている私に、通訳者はシニョール・ベルトルッチのしゃべるのを訳していった。

『細雪』のあなたが大好きでした。あなたの大きな顔と、ただ他人の傍らにいるだけの佇(たたず)まいは、シュリーマンが、西欧には決してない、道徳的で美しい簡潔さがあると感じた時代の日本の、道ばたで遊んでいる子供のように見えました。あの映画を見たとき、個人的にはあなたにビューティアンバサダーになってほしかったのです。しかし、12歳の子供を就任させるわけにはいきませんでした」

撮影時、私は高校を卒業していたのだが、イタリア人の彼には小6に見えたのだろう。顔や頭が大きいと幼く見えるのだろう。

「そのあとのランウェイは結果的にシニョリーナαに決まりました」

日本では知名度ばつぐんであるし、ランウェイ出演の条件として星エージェンシーならびに、αさんがCM出演する飲料企業が、金銭的メリットを提示してきたそうだ。

「それにしてもつくづく、あのランウェイでは、αには、わがメゾンのモカシンを履いてほしかった」

そのほうがナチュラルに歩ける。ナチュラルに歩ける靴がベルトルッチの売り物だったからだ。しかし、どうしてもαが承知しなかったのであのようなことになった。

「彼女は、ミリセント・ロバーツの教育を鵜呑みにした悪しきランウェイをしてしまいました」

ビビアン・ミリセント・ロバーツ。通称ビービー。この着せかえ人形のメーカーは、1959年の発売以来、世界中の、顔の大きい女の子たちのことは見落としてきたとして、一昨年あたりから、「Stop Sap Dream、ビービーズ(ビービーの仲間たち)から見落とされたものたちよ立ち上がれ運動」が吹き荒れている。

「今回のショーは、ベルトルッチ社の主任デザイナーから引退を決めたヴィンチェンツォ最後のショーです。わたしは、みんなにわたしの服を着てほしい。いろんな人が地球にいる。いろんな人をわたしの服でみりょく的にしたい」

シニョール・ベルトルッチにきつく握手された。隣でジュンチャンは満面の笑みで「シィー」「シィー」と何度も言っていた。さすがにイタリア語のつもりだったと思う。

ランウェイで、私は歩いた。渡された服を着て、ただ歩いた。モデル歩きなどできない。ほかの人もそうだ。こんなステージに立った経験のありそうな人といえば紫さぎりさんだけである。みな、好き勝手にステージの上を歩いた。

手持ち無沙汰に歩いてしまわないよう、私は刀を持っているつもりでステージを歩いた。《チャンバラ倶楽部》でよく練習させられた大河内傳次郎の、歩いて、小走りになり、いったん身を低くしてから、次にザッと高くなってヤッと斬り込む殺陣のように。

*

ベルトルッチのショーは、メゾンが予想した以上に大きなニュースになった。モード界だけの話題ではなくニュースになった。

洋服の「洋」とは、西洋の「洋」で、その「洋」服に似合う靴、「洋」服に似合う鞄を、西洋のモード界は作り、西洋人ではない人たちは、それらを着て履いて持って、一歩でも「洋」に近づこうとした鹿鳴館からの長い歳月。

その原初は四歳のミヨチャンがニンギャウを抱いてオカアサンに倣(なら)おうとするような、八歳のマサヲさんがオトウサンの帽子をかぶってオイシャサマになってビャウキの人を助けるような、十六歳の花子サンが田中絹代に憧れるような、ごっこ遊びである。

小學國語讀本の挿絵やきいちの塗り絵で「ごっこ」した子供たちは、１９５９年にビビアン・ミリセント・ロバーツに出会うや、きょうれつに惹きつけられた。その美しいルックスに。

ビビアン・ミリセント・ロバーツは白人のルックスである。白人のベルツ・リタをモデルにしたルックスである。ドイツの大衆紙ベルツ（Bäälz）に連載されていた漫画の中の娼婦、ベルツ・リタ。職業柄、見る（ルック）なり相手を強力に惹きつける外見をしていないとならないリタに倣ったニンギャウに、子供たちは、子供ゆえに厚顔に、美しいと感じたのである。

きいちや國語讀本が避けてきたもの、隠してきたものの蓋が開いてしまった。オサイホウをしてカンビャウするより、カウナリタイと願わせるビービーの美しいルックス。

理想のケビンを惹きつけるルックスがビービーであり、ビービーのようなルックスに惹きつけられるのが理想のケビンなのである。ビービーとケビンがアクションするボンドフィルム（００７）は世界中を喜ばせた。

歳月を経て、挙手する人がいた。おかしいではないか、ビービーは女の子たちを洗脳していると。ハッとしてアテル社は黒人ビービーを販売した。でも売れなかった。なぜ？　女の子たちが買わなかったのだ。

マイケル・ジャクソンが隆鼻術をし、ぼくは肌が白くなる病気に罹ったと言うしかない処置をせねばならないほどの、ルックスの真実は匣（はこ）にしまい、アテル社はがんばって、ビービーに「女の子はカンビャウやホボサンだけでなく何にだってなれる」とシュプレヒコールを叫ばせ、宇宙飛行士、ＣＥＯ、エンジニアを目指させた。プラスサイズ体型のビービーを、黄色人ビービーを発売し、車椅子に乗ったビービーも発売した。

歳月をさらに経て、アテル社のがんばりはようやく実を結んだ。「イエス。ミリセント・ロバーツさんたちは、がんばってくれました」と、「Stop Sap Dream、ビーピーズ（ビーピーの仲間たち）から見落とされたものたちよ立ち上がれ運動」も、皮膚の色やジェンダー・アイデンティティーや身体ハンデキャップへの差別を撤廃しようとしてきたアテル社のがんばりは認めている。

ところが。そんなにそんなにがんばってくれたアテル社……パンドラの匣の蓋を開け、おののき、閉めようとする寸前に出てきた希望に、ドリーム・ギャップの撤廃を託してがんばってくれたアテル社……でさえも、見落とした。顔が大きいという滑稽を持つ人たちのことを。ビーピーとケビンを製造した人種は、そんな滑稽に当面したことがないからだ。当人のかなしみとは、つねに他人からすれば滑稽だ。アテル社のがんばりをもってしてもなお、顔が大きいことだけは、笑われ続けたのである。

一石を投じたのがベルトルッチのショーだった。

*

〈奇跡の32歳。道徳的な少女のよう〉。ニュースで私は褒められた。ただし、ほかの出場者も〈若々しい。希望にあふれる少年のよう〉〈皺もキュート。哲学的な学級委員長のよう〉など、全員が似たスタンスの形容で褒められた。

老若の出場者が身に纏ったものは、今回のテーマから、多くは制服っぽかったり、ユニセックスふうだったりしたので、それをモデルを本業としない人が着て、ステージを気ままに歩くと、これまでのモードモデルのこなれた歩き方に慣れた記者たちからは、まじめな、あるいは元気な少女のように見えたのだろう。

私にかぎってついた形容といえば〈かわせみ〉だった。〈かわせみのようにキュート！〉。〈背が高いので、空飛ぶ宝石の異名を持つかわせみのように溌剌とした雰囲気〉。

私の身長は出場者の中では低いほうだった。なのに〈背が高いので〉と観覧席の記者に見えたのは、《チャンバラ倶楽部》の先生のおかげである。「大河内傳次郎は、■■で顔もでかかったが、しなやかでダイナミックな殺陣をするから、しゅっと背が高くて細面に見えたんだ」。毎回、講義で言っていた。

《《　Let's talk about Sap Dream. What that――》》

《《　サップ・ドリームについて話しましょう。それは何か。わたしたちが夢見る活力を徐々に奪い取っていくもの。

早くもキンダーガーテンに通うころから、わたしたちは、将来の夢、未来への希望を搾り取られ始めます。

エレメンタリースクールに入るころには、わたしたちは自分がミリセント・ロバーツさんを追いかけるのはやめたほうが賢明なのだろうかと思うようになります。

はい、わたしたちは知っています。ミス・ロバーツは、たしかにがんばってくれたことを。

けれどエレメンタリースクールのなかほどにもなれば、わたしたちはロバーツさんや彼女の家族や友達のように顔が小さくないことを知らされるのです。

そして、将来、何にでもなれるとロバーツさんから励まされた、夢見るという活力を搾り取られます。サップ・ドリームです。

宇宙飛行士、ＣＥＯ、エンジニア、あなたは何にだってなれるわ、がんばれ、信じて、とミス・ロバーツは世界中の幼女たちを励ましてくれました。

ですが、顔が大きいわたしたちにはついぞ目を向けてくれませんでした。なぜわたしたちは、顔が大きいというだけで、何世紀ものあいだ、こんなにも侮られ、嘲笑されなければならないのでしょうか。またなぜ、それをあたりまえだとしてきたのでしょうか。

わたしたちの意識が低かったからです。さあ、今こそ立ち上がりましょう。

わたしたちだってその服を着たいです。わたしたちだって泣きたいです、侮られ嘲笑されたら。でも着たい気持ちも、泣きたい気持ちも隠し続けてきた。こんな無理はもうやめましょう。………≫

ベルトルッチのショーが話題になったのは、顔が大きいという、徹底的に白人ではない状態に、からかいではないスポットライトを当てたことにある。

このショーをきっかけに、私にはモデルの仕事がたくさん入るようになった。

＊＊＊

オリエンタルホテル神戸のベッドは心地よく、ジュンチャンも私も、ちょっと横になるだけのつもりが、1時間以上も寝入ってしまった。

「いやだ、夕御飯前に、そのへんの店を聖ちゃんとウインドショッピングしようと思ってたのに」

「明日、すればいいよ。今日はもう体操したんだし」

ジュンチャンはなんのかんの言っても1955年生まれの79歳なのだ。

「70代最後の誕生日を、昔のころのように作りなおしたオリエンタルホテルで過ごせるなんて、感無量だわ」

2033年。太平洋戦争、阪神淡路大震災の大きな痛手を受ける前の、居留地79番地に立っていた初代の建物の外観イメージに、このホテルはリニュアル・オープンした。

「夕食はあそこだからね」

オリエンタルホテル神戸で、飲茶を間食ではなく夕食代わりにするのが、ジュンチャンの希望だった。彼女は若々しいが、やはり年齢のせいで、一回ごとの食事の量が以前よりぐっと少なくなっている。

「オリエンタルホテルではシナ……」

シナリョウリと言いかけて、

「キナ料理を食べなくちゃね」

2030年のノーベル物理学賞を中国人学者とともに受賞したスウェーデン人学者が「ワタシたちはあなたの国のことをシナと言っています。差別ですか?」と授賞式で発言してから、スウェーデン語表記の「kina」をローマ字読みした「キナ」なら、日本人も使ってよい、と中国は白人のスウェーデン人の手前、認めてくれ、いっぽう、議論が大嫌いで、ある部分だけを機械的にカチャンと外して取り替えればOKにしておくのが大好きな日本人は、今までシナと言えなかったのは、中国が怒ったからだということもすぐに忘れ、カチャンと「中国」を「キナ」に取り替えて、キナソバ、イーストキナ海、キナ雑技団、等々、空港のフライト掲示板のようにたちまち切り替わった。

リニュアルされたこの展望レストランフロアには『ガーネット』というキナ料理の店がある。

谷崎潤一郎の『細雪』には、オリエンタルホテル神戸で支那料理(当時の呼称)を食べたというほんの一文ていどがあり、ジュンチャンの目には、支那料理という活字がとてもおいしそうに映ったのだそうだ。

キナ料理の夕食までを、最新のＢｕｄｉ9で、ジュンチャンは谷崎潤一郎の初期短編を読み、私は語学スタディアプリでインドネシア語の勉強をすることにした。

Ｂｕｄｉ9は2㎜弱の薄さ。しかし、画面は二ツ折りを開けばＢ４判。そう顔が大きい！　これはとても便利だ。

αさんがベルトルッチのランウェイに出たころまでは、モバイルフォンを販売する各国各社は、それを小さくすることとばかり競っていた。

だが、インドのｂｄ社は大きくしたのである。画面が大きいと、全体が把握できる。文章は、断片文字ではなく長文を俯瞰できるから誤読されにくくなり、地図は、周囲と目的地との位置関係がすぐ見える。なにより操作がしやすい。ユーザーの年齢幅は以前よりはるかにひろがっているのである。顔が大きく見やすく読みやすく操作しやすい。声で電話をかけるときはハブラシほどの大きさの部分が取り外せるので通話もしやすい。

Ｂｕｄｉ9なので79歳のジュンチャンも谷崎潤一郎を老眼鏡無しで読める。

＊

「椎茸餃子とフカヒレスープと……」

キナ料理『ガーネット』でジュンチャンはウェイターにメニューを指さす。

「聖ちゃん、なにかないの？　さっきから、わたしといっしょでいいってばかりだけど。わたしの誕生日だからって、聖ちゃんの食べたいものも食べてよ」

「ほんとにいっしょでいいんだもの」

こんな高いホテルのスイートに泊まるのも、親族にバリ島旅行をプレゼントするのも、一時的なことだ。R市の社員数五人の会社の経理事務員。それが私の職業である。

■■をハイトロスと■■をAGAと換言して、ビービーの肌に黒と黄色を加えても、ビービーにさまざまな職業を目指させても、金髪碧眼のビービーのようなルックスの人を美しいと人が思うのは変わらないと思う。私はビービーのようにきれいではない。自分がそう思っている。

それでよいではないか。

私は両親や祖母や弟の性格に支えられてきた。祖母も両親や兄に支えられてきた。これまでの日々の中で受けた傷。それは、ハシカのように誰もが受けるような、ありがちで瑣末な傷だったが、溜まれば瘤(こぶ)になる。傷ができても支えてもらえたゆえに、私は瘤ができずに大人になれた。

ビービーのようなケビンのようなルックスなのに、殻を破って人生に出てきたときに、自分は醜いと信じさせられて育つ人も大勢いるのだ。家族に支えられなかった人は大勢いる。だがさらに、信じさせられずにすみ、支えられたのに、その幸(さち)に死ぬまで気づかぬ人はもっと大勢いるのである。

フカヒレスープの皿が下げられた。

「聖ちゃん、手出して」

次の帆立て粥を待つあいだに、ジュンチャンはポケットから小さなビロウドの袋を取り出した。

「これをあげるよ」

このホテルに泊まることになり、公式サイトで館内レストラン案内を見て、贈ることにしたという。

「りっちゃんや、りっちゃんのお姉さんなんかといっしょに、よく少女漫画を貸し合いっこしてたころにね……」

『王女アンナ』という絵物語を読んだそうだ。美しい挿絵は鮮明に頭に浮かぶが、話の筋がすこしへんで、よく思い出せないのだと。

「そうねえ、どういえばいいのかなあ……そうして、みなさん、それぞれ、それなりに暮らしていきましたとさ……みたいに終わってたような」

ビロウドの袋を、ジュンチャンは私のてのひらに載せた。

「開けて。この店の名前で思い出したの」

袋の中はガーネットだった。小さな紅い石が、チェーンが通せる金具に嵌めこまれている。

「あとで好きなチェーンをつければいいよ。わたしはゴム紐を通して、いつもベッドのポールにかけていたの。わたしももらったのよ」

シーゲル夫人が、爆死の夫の帰らぬ家で、洗濯桶を井戸縁にたてかけていると、後ろからお姑さんがやってきてくれた、それをまた、曽祖父についてきたジュンチャンにくれたという。

「子供をつくる間がなかったから、子供がいないので」。シーゲル夫人はそう言って、『別冊ガーネット』を読んでいたとしごろのジュンチャンの手を開かせ、紅い石を入れて、またにぎらせた。

「お父ちゃんに、こんなものもらった、ってRからPに帰る電車の中で見せたんだけど、お父ちゃん、宝石のことわからないから、〈そりゃ、きれいなおもちゃだな〉って」

シーゲル夫人も、彼女のお姑さんも、宝石のことはわかっていなかったのではあるまいか。ジュンチャンが継祖父と再婚するときに二人でためしに鑑定してもらうとガーネットだとわかった。

「外国では親が子に初めて贈る宝石なんだって、鑑定士さんが言ってたから、家のもんが家のもんに贈ったらいいのかと思ってさ」

はい、とジュンチャンは私の手をにぎらせた。

「でもそれ、聖ちゃんはいつかまた、シーゲルさんがしてくれたみたいに、次はぜんぜんちがう人にあげるといいよ。家のもんじゃなくてさ」

私はガーネットを受け取った。

初出

「王女アンナ」「小説すばる」二〇二二年二月号掲載

「王妃グレース」「結婚十年目のとまどい」（河出書房新社『十年後のこと』収録）の一部をもとにして、全面改稿

「女優さぎり」　書下ろし

「モデル　antiミリセント・ロバーツ」　書下ろし

※この作品はフィクションであり、実在する人物・団体・事件などには一切関係ありません。

姫野カオルコ（姫野嘉兵衛の別表記もあり）

1958年滋賀県甲賀市生まれ。独特の視点とエッジの立った筆致で読者層は男女同数。
『昭和の犬』で第150回直木賞を受賞。『彼女は頭が悪いから』で第32回柴田錬三郎賞を受賞。他の著作に『受難』『ツ、イ、ラ、ク』『整形美女』『リアル・シンデレラ』などがある。最新文庫は『ケーキ嫌い』。

悪口と幸せ

2023年 3 月30日　初版 1 刷発行

著　者　姫野カオルコ
発行者　三宅貴久
発行所　株式会社 光文社
〒112-8011　東京都文京区音羽1-16-6
電話　編　集　部　03-5395-8254
　　　書籍販売部　03-5395-8116
　　　業　務　部　03-5395-8125
URL　光　文　社　https://www.kobunsha.com/
組　版　萩原印刷
印刷所　萩原印刷
製本所　ナショナル製本

落丁・乱丁本は業務部へご連絡くだされば、お取り替えいたします。

R ＜日本複製権センター委託出版物＞
本書の無断複写複製（コピー）は著作権法上での例外を除き禁じられています。本書をコピーされる場合は、そのつど事前に、日本複製権センター（☎03-6809-1281、e-mail:jrrc_info@jrrc.or.jp）の許諾を得てください。

本書の電子化は私的使用に限り、著作権法上認められています。ただし代行業者等の第三者による電子データ化及び電子書籍化は、いかなる場合も認められておりません。

©Himeno Kaoruko 2023 Printed in Japan
ISBN978-4-334-91518-6